AF596156

J. H. Martins

EMERGÊNCIA

Onde o tempo não passa

1ª Edição

INDAIATUBA-SP

2024

Indaiatuba, SP; 08 de Novembro de 2024

Autor: **J. H. Martins**
Capa: **J. H. Martins**
Diagramação: **J. H. Martins**
Ilustração: **J. H. Martins**
Revisão: **Sergio Diniz da Costa**

Dados Internacionais de Catalogação na Publicação (CIP)
(Câmara Brasileira do Livro, SP, Brasil)

Martins, J. H.
Emergência : onde o tempo não passa / J. H. Martins. -- 1. ed. -- Indaiatuba, SP : Ed. do Autor, 2024.

ISBN 978-65-01-22121-2

1. Ficção brasileira I. Título.

24-237780 CDD-B869.3

Índices para catálogo sistemático:

1. Ficção : Literatura brasileira B869.3

Aline Graziele Benitez - Bibliotecária - CRB-1/3129

[2024]

AGRADECIMENTOS

Agradeço, primeiramente, a Deus, que tem sido minha fortaleza e meu amparo em todos os momentos. Obrigado por me manter vivo, por sustentar minha fé e me dar forças quando tudo parecia escuro. Cada dia é um presente e, por isso, sou eternamente grato.

À minha amada esposa, Lee Oliveira, escritora e influenciadora literária, minha eterna companheira, que esteve ao meu lado em todos os instantes difíceis, oferecendo o amor, carinho e apoio que só você sabe dar. Sem você, essa jornada teria sido muito mais árdua. Te agradeço por cada abraço, por cada palavra de encorajamento, por ser minha luz e minha inspiração constante.

À minha amiga Roberta Baldin Stifter, que, em meio à tempestade, foi o anjo que me manteve lúcido, com sua presença e sua sabedoria. Você foi essencial para que eu encontrasse a força necessária para continuar lutando. Obrigado por não me deixar cair.

Ao meu querido amigo e escritor Sérgio Diniz, agradeço profundamente pelo belíssimo prefácio. Suas palavras não apenas enobrecem o meu trabalho, mas também refletem a amizade e o respeito que construímos ao longo dos anos.

A todos vocês, que me sustentaram e acreditaram em mim, o meu mais sincero agradecimento. Que Deus abençoe a todos.

SUMÁRIO

Prefácio

Convidado pelo neurocientista, engenheiro e consultor de TI, premiado escritor e amigo J. H. Martins para prefaciar "EMERGÊNCIA – Onde o Tempo não Passa", aceitei o convite como um altíssimo dever e, sobretudo, gratidão pela confiança em mim depositada.

Nesta narrativa, baseada numa história real, o autor, com a habilidade dos grandes escritores, trata elementos abstratos que permeiam toda a história, dando-lhe o clima de uma obra inesquecível: tempo, medo, solidão, angústia, dúvida, vergonha, esperança e empatia.

No entanto, certamente andando na contramão dos prefácios em geral, sinto-me também com outro dever: alertar a quem for ler este livro, que não o faça se os elementos negativos acima fizerem parte do dia a dia, em alta intensidade.

Este livro é para quem, não obstante ser portador de tais graves perturbações do bem-estar geral, tem um herói ou heroína dentro de si, semelhante a Hércules, o herói mais célebre da cultura greco-romana que, para expiar um crime que cometera, induzido pela deusa Hera, foi julgado pelo rei Euristeu, e que determinou doze trabalhos que julgara impossíveis de ser realizado, ou a rainha Pentesileia, que liderou as Amazonas para Tróia na luta contra os gregos.

Se este livro está em suas mãos, caro leitor, cara leitora, certamente é porque sua natureza é semelhante à do herói e heroína citados, e com uma virtude extra, empatia, para, às seis horas de uma segunda-feira primaveril, estar num carro, acompanhando Helena, levando seu marido, Mauro, à Emergência de um hospital, após uma cirurgia delicada de tireoidectomia total, e, posteriormente, estar enfrentando uma crise de hipocalcemia.

A partir de agora, você também é um(a) personagem desta história, e ao lado de Mauro, sentirá momentos de solidão, de dúvida quanto aos diagnósticos médicos, claustrofobia, diante da cortina fechada para atendimentos a pacientes ao lado. Travará uma batalha sinestésica, na qual seus cinco sentidos serão submetidos a toda prova: pacientes aos gritos; no exame de eletrocardiograma, o contato frio do metal contra a pele frágil de Mauro; a sinfonia caótica de bipes repetitivos e apitos de monitores que, com o passar do tempo, levava a mente de Mauro a replicar mecanicamente, como se houvesse se fundido ao ritmo do aparelho; som alto de sufocamento de um paciente na cama ao lado; discussão entre médicos quanto ao diagnóstico; para mitigar a fome, copo de café com leite gelado e sem açúcar...

E enfrentará o pior inimigo: o tempo, marcado por um relógio de parede frio, indiferente, cujos ponteiros, à vista e anseio de Mauro, caminham em câmera lenta, feito um sádico algoz, tripudiando sua vítima.

Seja, portanto, caro leitor, cara leitora, um herói, uma heroína e acompanhe, empaticamente, o drama de Mauro até o final, porquanto esse lugar, onde o tempo não passa, é um lugar sagrado... para quem olhos de ver e coração de sentir!

Sergio Diniz da Costa

Jornalista, escritor, poeta, revisor de livros e Editor- Chefe do Jornal Cultural ROL

Introdução

Esta é uma narrativa baseada em histórias reais, mas todos os nomes mencionados são fictícios para preservar a identidade das pessoas envolvidas. Trata-se de uma jornada de superação e resistência, vivida nas profundezas da emergência hospitalar, um lugar onde o tempo parece não passar e o desespero é uma presença constante.

Após uma cirurgia delicada de tireoidectomia total, o protagonista, Mauro, enfrenta uma crise de hipocalcemia que o aprisiona por longas horas na emergência. Entre drenos incômodos, exames invasivos e corredores barulhentos, ele se vê à mercê de profissionais de saúde e da própria ansiedade, lutando não apenas para se recuperar fisicamente, mas também para manter sua sanidade mental intacta.

A espera interminável se transforma em uma prova de resistência emocional, onde cada apito dos monitores, cada grito de dor e cada silêncio angustiante são lembranças de quão frágil a vida pode ser. Ao longo desse caminho, o amor e a presença da esposa de Mauro se tornam um farol na escuridão, oferecendo a ele a força necessária para seguir em frente, mesmo quando tudo parece perdido.

"EMERGÊNCIA: Onde o Tempo Não Passa" é uma narrativa que nos faz refletir sobre a vulnerabilidade humana, a importância dos pequenos gestos e o poder da esperança. Porque, às vezes, sobreviver não é apenas uma questão de tratamento médico, mas uma batalha silenciosa travada no coração de quem espera.

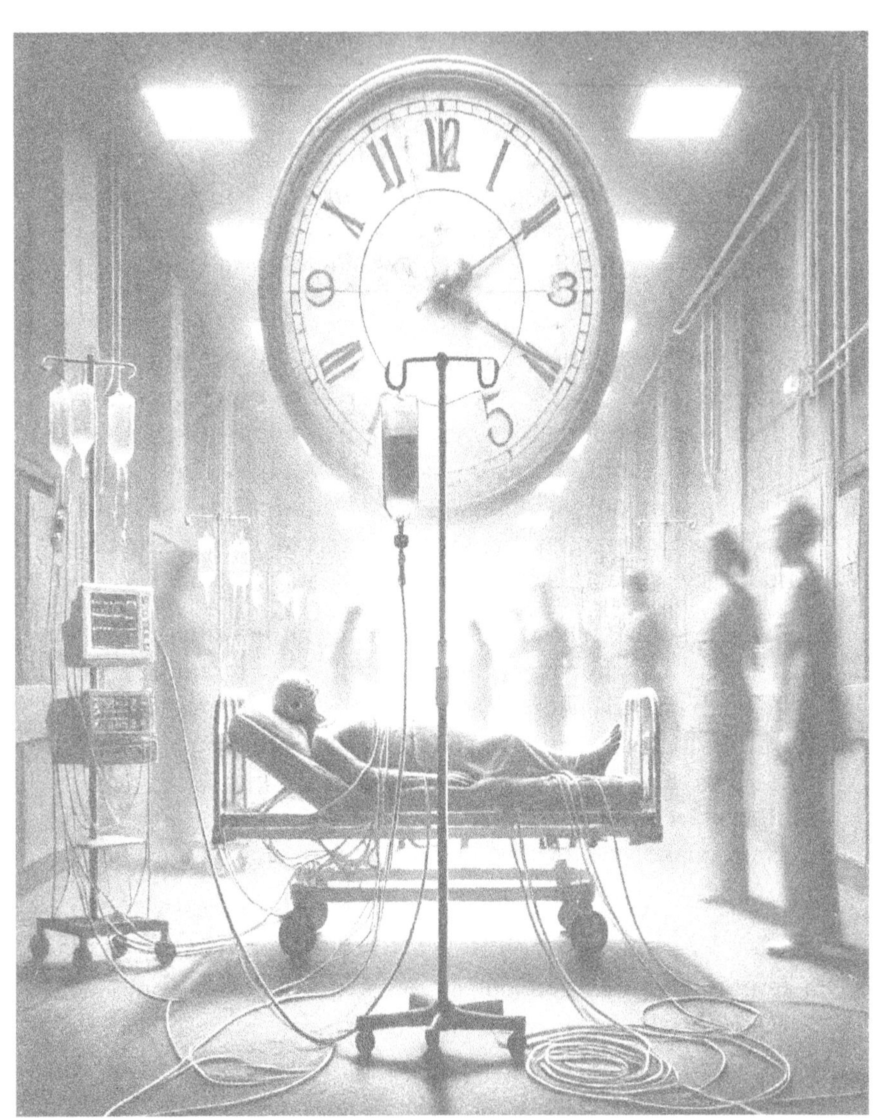

06:00

Minha esposa e a vizinha conduziam-me ao pronto-socorro às seis horas de uma segunda-feira primaveril, enquanto meu corpo, em total torpor e invadido por uma sensação exasperante de formigamento, se desfalecia. A desconexão entre meu pensamento e o domínio sobre o corpo se tornava evidente. Eu já não sentia meus membros, e a voz da minha esposa, ainda que próxima e angustiada, esvanecia aos poucos na minha percepção. Mesmo apoiando-me, sua presença parecia se distanciar no emaranhado da minha inconsciência, enquanto aguardávamos o carro da vizinha.

Recordo-me vagamente de quando ela abriu a porta do banco do passageiro e, com delicadeza, guiou-me para o assento. Partimos prontamente rumo ao hospital. A jornada era curta, — pouco mais de um quilômetro e meio — um trajeto de quatro minutos que, para mim, se alongava em uma eternidade nublada.

— Senhor Mauro, fale comigo! Diga-me o seu nome completo! — insistia a vizinha, com a voz ansiosa e firme, enquanto guiava o veículo com destreza pela cidade adormecida.

Eu escutava-a como se sua voz viesse de um lugar remoto, distante, como um eco reverberando em uma câmara vazia. Ainda assim, compreendi o que ela pedia:

— Mauro Heinemberg — murmurei, arrastando as palavras, cada sílaba um esforço hercúleo.

— Isso mesmo, seu Mauro. O senhor sabe onde está? — continuou, com evidente preocupação na voz.

— No seu... carro — balbuciei, quase à beira do apagamento.

— Amor, por favor, fique conosco! — suplicava minha esposa, com a voz embargada pela aflição.

A sensibilidade dos meus membros havia desaparecido por completo, e eu me esvaía a cada momento, como se o peso da consciência estivesse sendo arrancado de mim, deixando-me à deriva no vácuo.

— Seu Mauro, estamos chegando! Fale comigo! Quantos filhos o senhor tem? — a motorista insistia, temendo que eu desfalecesse antes de alcançarmos o destino.

Hesitei por um instante, como quem tenta encontrar algo perdido na névoa da mente:

— Três... filhos — respondi com dificuldade.

— Isso mesmo! E sabe os nomes deles? — indagou, quase suplicante.

— Sei... — minha voz se apagava, reduzida a um sussurro.

— Quais são? Diga-me os nomes, seu Mauro! — ela insistia, enquanto eu sentia a mão de minha esposa repousar sobre meu ombro, como se, pelo toque, tentasse ancorar-me à realidade.

Fixei o olhar no horizonte que via pelo para-brisa, tentando encontrar uma referência, mas o mundo à minha frente era um emaranhado indistinto. Nada fazia sentido, e eu já não estava mais presente naquele instante.

— Amor, por favor, fale os nomes dos nossos filhos! — implorou minha esposa, a voz embargada pela angústia.

— Chegamos, graças a Deus! — anunciou a vizinha, aliviada, enquanto rapidamente saía do carro e corria até a recepção do hospital. Retornou em poucos segundos, ofegante: — A entrada de emergência é ao lado! Vamos, rápido!

— Amor, chegamos. Aguente firme! Fique comigo! — insistia minha esposa, desesperada.

Em questão de segundos, o carro estava estacionado diante da porta lateral da emergência. Minha esposa saltou apressada e tocou a campainha. A porta se abriu rapidamente, revelando um médico que empurrava uma cadeira de rodas até o carro. Ele a posicionou ao lado da porta em que eu estava, pronto para agir.

Naqueles momentos finais antes de ser transferido para a cadeira de rodas, um misto de torpor e esperança me envolvia. Sentia-me à deriva entre a realidade e o vazio, mas a mão firme de minha esposa e a diligência da vizinha eram os últimos fios que me mantinham conectado ao mundo.

O doutor Maurício me conduziu para dentro da emergência com a serenidade de quem sabe que cada segundo importa. Embora seus gestos fossem cuidadosos, havia uma urgência em cada ação. Eu segurava o dreno da cirurgia com dificuldade, como se fosse o último vínculo que ainda me conectava à consciência, enquanto a mente oscilava entre lapsos de lucidez e torpor absoluto.

— O que está sentindo agora? — perguntou ele, inclinando-se ligeiramente para me examinar.

Minha voz falhava, reduzida a um murmúrio quase inaudível. Antes que eu conseguisse esboçar uma resposta,

Rosa, uma enfermeira atenciosa, aproximou-se, atenta às ordens do médico.

— A cirurgia dele foi uma tireoidectomia total com esvaziamento cervical recorrencial direito, há dois dias. Segundo a esposa dele, ele está sentindo um formigamento em todo corpo. — explicou Rosa, com eficiência profissional, completando a informação necessária.

O médico Maurício assentiu e, sem demora, colocou o estetoscópio em meu peito. Escutei o som distante dos batimentos do meu próprio coração através de sua concentração cuidadosa. O ambiente ao redor era inquietante: monitores cardiológicos apitavam incessantemente, e corpos inertes ocupavam macas ao longo da sala, como se estivéssemos todos à mercê do mesmo destino imprevisível. O cenário parecia um fragmento surreal de uma realidade da qual eu queria escapar.

Observei tudo ao meu redor com o coração apertado e roguei a Deus, em silêncio, que não permitisse que eu ficasse ali. Sentia que meu corpo se afastava pouco a pouco da vida como a conhecia, e minha alma clamava por uma chance de permanecer.

— Precisamos levá-lo para o pronto-socorro para uma avaliação mais profunda — disse o doutor Maurício, com voz firme, indicando a linha amarela no chão. — No PS faremos exames complementares para confirmar.

Com a mente se perdendo no vazio e a percepção do espaço e do tempo se dissolvendo, segui com dificuldade as orientações de Rosa, que prontamente assumiu o cuidado de me levar até o PS. Cada passo parecia arrancado de mim à força, como se uma gravidade invisível me puxasse para um abismo sem fim.

Ao chegar ao pronto-socorro, Rosa falou rapidamente com a recepção e me acomodou próximo às cadeiras de espera. Ela fez um gesto para que eu permanecesse ali enquanto formalizava minha entrada no sistema e chamava minha esposa.

Eram 06h44, e eu ainda lutava contra o apagamento iminente. A fraqueza tomava conta do meu corpo, e minha mente parecia se fragmentar. Sem mais forças para resistir, entreguei-me à oração. Pedindo a Deus, com toda a fé que ainda pulsava em mim, que me desse vigor para continuar e que Isabel chegasse logo.

Foi então que Roberta, nossa vizinha, apareceu inesperadamente, olhando para mim com preocupação sincera.

— Está tudo bem? — perguntou, com uma voz suave e carregada de empatia.

Acenei negativamente com a cabeça, sinalizando que não. A compreensão atravessou seu rosto no mesmo instante. Antes que pudesse dizer mais alguma coisa, Rosa voltou e chamou minha esposa para se juntar a nós. Logo Isabel apareceu ao nosso lado. Ela agradeceu à vizinha com profunda gratidão, explicando que, sem saber dirigir e sem conseguir um motorista de aplicativo a tempo, foi tomada pelo desespero ao me ver desfalecendo. Naquele momento crítico, recorreu a Roberta, que não hesitou em nos ajudar prontamente.

— Obrigada por tudo, Roberta. Não sei o que faria sem você — disse Isabel, com os olhos marejados de gratidão.

Roberta sorriu compreensivamente e, com um gesto gentil, despediu-se, deixando-nos para que Isabel pudesse concentrar-se totalmente em mim.

Em meio à fragilidade do momento, percebi que, embora meu corpo se rendesse à exaustão, o cuidado daqueles ao meu redor não permitia que eu me sentisse sozinho. O alívio de ver Isabel novamente e saber que Roberta e Rosa estavam ali por mim trouxe uma centelha de esperança. Naquele instante, compreendi que, por mais sombrias que sejam algumas jornadas, o amor e a solidariedade são as luzes que nos guiam de volta à superfície.

Rosa explicou a nós que deveríamos aguardar sermos chamados pelo médico do pronto-socorro.

07:00

Às 07h07, fui finalmente atendido pela médica de plantão, no consultório número 5. Ela me recebeu com um semblante sereno, mas atento, e repetiu a pergunta que eu já ouvira antes:

— O que o senhor está sentindo?

Como eu ainda estava exausto e com dificuldade para falar, Isabel, mais uma vez, assumiu a narrativa. De forma precisa e minuciosa, relatou o procedimento cirúrgico ao qual eu havia sido submetido — a tireoidectomia total e o esvaziamento cervical recorrencial direito —, bem como o agravamento dos sintomas que surgiram desde aquela manhã: dormência generalizada, formigamento incessante e dificuldade na fala.

A médica, mantendo uma expressão de concentração, colocou o estetoscópio sobre meu peito e auscultou meu coração e pulmões com movimentos meticulosos. Satisfeita com a ausculta, afastou-se e fez uma anotação breve em seu prontuário.

— Vou solicitar um eletrocardiograma e exames de sangue — disse ela a Isabel, com firmeza e clareza. — Precisamos verificar se há alguma alteração no coração ou um desequilíbrio nos eletrólitos, como suspeitamos.

Sem perder tempo, Isabel me conduziu até a sala de medicação para realizar o exame de sangue e o eletrocardiograma. A cada passo, a exaustão se intensificava, e eu lutava contra a sensação de desmaio iminente.

Na sala de medicação, fomos recebidos por uma das enfermeiras, uma enfermeira eficiente e atenciosa. Ao nos ouvir, ela explicou que o eletrocardiograma seria realizado após a coleta dos exames laboratoriais.

— Vocês precisam ir, primeiro, até a sala de exames — disse ela, apontando para o chão. — Sigam a seta rosa e voltem aqui assim que terminarem.

Com dificuldade, Isabel começou mover a cadeira de rodas, que me conduziu com todo o cuidado e paciência. Cada passo parecia uma batalha contra a exaustão, como se meu corpo pesasse o dobro. Atravessamos o corredor, seguindo a discreta linha rosa até a sala de exames.

Após a coleta de sangue, retornamos lentamente para a sala de medicação. A enfermeira já nos aguardava e, sem perder tempo, preparou o eletrocardiograma. Em poucos minutos, posicionou os eletrodos com precisão sobre meu peito e membros. O contato frio do metal contra minha pele frágil só acentuava minha vulnerabilidade, tornando cada sensação uma lembrança desconfortável da fragilidade humana.

Enquanto o aparelho começava a registrar os sinais do meu coração, o silêncio ao nosso redor foi quebrado apenas pelo leve ruído do monitor. Eu observava tudo como quem busca se manter consciente a qualquer custo, agarrando-me ao presente com a pouca força que ainda me restava. Durante o exame, o silêncio era interrompido apenas pelo leve zumbido dos equipamentos. Eu observava Isabel à minha frente, sempre presente, sempre firme, seu olhar preocupado, mas inabalável, como se sua presença fosse um escudo contra a incerteza daquele momento.

Ao término do eletrocardiograma, a enfermeira retirou os eletrodos e nos entregou o laudo preliminar.

— Levem isso para a médica, por favor — disse, com um tom gentil, mas eficiente, demonstrando que o tempo era precioso.

Isabel pegou o exame em mãos, e juntos voltamos ao consultório número 5. Cada passo era uma vitória contra a gravidade que parecia puxar meu corpo para um lugar escuro e silencioso. Eu sabia que, embora ainda estivesse à mercê de algo maior, o próximo diagnóstico poderia trazer a resposta que tanto precisávamos — e, com ela, uma chance de esperança.

Isabel, com o olhar aflito, bateu à porta do consultório 5 e aguardou por alguns instantes, mas não houve resposta. Percebendo meu estado cada vez mais frágil, decidiu agir. Desta vez, bateu novamente e, sem hesitar, abriu a porta.

Dentro do consultório estavam dois médicos: a doutora Ana, que analisava meu exame de sangue na tela do computador, e o doutor Maurício, que havia me atendido na emergência. A médica havia solicitado a opinião de uma junta médica para avaliar meu quadro. Assim que Isabel entrou, entregou o resultado do eletrocardiograma para a doutora Ana, que o analisou rapidamente e passou para o Dr. Maurício e o outro médico presente.

— Ele está com hipocalcemia sintomática — informou a doutora Ana, com um tom sério. — Precisamos que ele volte imediatamente para a emergência e permaneça lá até que os níveis de cálcio e eletrólitos se estabilizem. A situação é crítica.

Para demonstrar a gravidade, a doutora tocou levemente minha bochecha, próximo aos olhos, aplicando o Sinal de Chvostek. Ao pressionar o nervo facial, minha musculatura ipsilateral contraiu-se de forma involuntária. A médica explicou:

— Este é um sinal clássico. Nos casos graves, pode causar espasmos em todos os músculos faciais. Ele está em risco de convulsões, paralisia e, no pior cenário, parada cardíaca por falta de cálcio. E os níveis dele estão perigosamente baixos.

Doutor Maurício, então, se aproximou e, com expressão grave, orientou:

— Levem-no de volta para a emergência. Sigam a linha vermelha no chão. Cada minuto é precioso.

Isabel segurava as lágrimas, tentando manter a compostura. Mesmo assim, seus olhos brilhavam com a emoção contida, o que revelava sua angústia silenciosa. Ao chegarmos à antessala da emergência, uma enfermeira já aguardava e me deu instruções claras:

— O senhor precisa remover toda a roupa, inclusive a cueca, e vestir este avental.

Com movimentos lentos e trêmulos, tirei minhas roupas, que foram colocadas em um saco plástico azul e entregues a Isabel. Quando perguntei se poderia ficar com meu celular, a resposta foi seca e definitiva:

— Não!

Isabel se aproximou, me deu um beijo na testa e sussurrou:

— Não se esqueça da nossa promessa: ainda vamos viver muitos anos juntos.

Queria responder, mas nenhuma palavra me vinha. Meu corpo parecia não mais me pertencer. Sem sensibilidade ou força, fui levado pela enfermeira diretamente para a emergência e acomodado em uma maca. O ambiente ao meu redor era uma sinfonia caótica de bipes e apitos dos monitores. Outros enfermeiros se aproximaram, tentando falar comigo, mas eu não conseguia responder. Minha mente estava mergulhada em um torpor profundo.

Doutor Maurício surgiu ao meu lado, dando ordens com precisão:

— Coloquem o acesso venoso e mantenham-no monitorado. Preparem uma bolsa de eletrólito de cálcio e solicitem um raio-x e novos exames de sangue.

As enfermeiras começaram a trabalhar com rapidez e eficiência, inserindo os acessos e ajustando os monitores. Fui levado para o leito 2, onde seria monitorado continuamente. Diante de mim, nos leitos 4 e 5, dois outros pacientes ocupavam o espaço. No leito 4, um senhor idoso estava deitado, sendo monitorado atentamente. No leito 5, outro paciente, entubado, estava conectado a três bombas de soro e ao oxigênio, sua respiração controlada por aparelhos.

À minha esquerda, o leito 3 permanecia vazio, enquanto à direita, no leito 1, também não havia ninguém. Do meu lado, a porta para uma ala adjacente revelava mais cinco leitos e dava acesso à entrada da emergência, vigiada por câmeras, por onde eu havia entrado.

Os médicos de plantão estavam a poucos metros, próximos ao leito 4, prontos para agir em qualquer emergência. Ao meu redor, quatro enfermeiros e quatro médicos circulavam em uma rotina frenética, ajustando equipamentos, verificando sinais vitais e administrando medicamentos. O som incessante dos monitores preenchia o ambiente, uma mistura de apitos, alarmes e comandos rápidos entre a equipe médica.

Eu me sentia aprisionado naquele espaço caótico. O desejo de ir embora me consumia, mas meu corpo não respondia. Nem mesmo para falar eu tinha forças. A única coisa que me restava era esperar e acreditar que, de alguma forma, eu superaria aquele momento sombrio.

Minha posição no leito 2 oferecia uma visão privilegiada de toda a emergência. Eu podia observar os médicos e enfermeiras circulando de um lado para o outro, assim como os pacientes nos outros leitos, cada um envolto em sua própria batalha silenciosa pela sobrevivência. O ambiente era tenso, com sons incessantes de monitores e o murmúrio constante de vozes médicas trocando informações rápidas.

O Doutor Maurício se aproximou novamente, desta vez com um olhar mais grave. Ele trouxe consigo outro exame clínico, conhecido como Sinal de Trousseau, um teste utilizado para confirmar hipocalcemia severa. Segurando meu braço, explicou com calma:

— Vamos realizar um teste importante agora. Vou inflar este manguito do esfigmomanômetro acima da sua pressão sistólica e deixá-lo assim por cerca de três minutos. Isso ocluirá a artéria braquial. Se houver hipocalcemia, você sentirá um espasmo involuntário na mão.

Ele posicionou cuidadosamente o manguito ao redor do meu braço e começou a inflar o aparelho. O ar foi comprimindo lentamente, e em menos de 30 segundos minha mão começou a se contorcer de forma involuntária, assumindo uma postura dolorosamente rígida e curvada. Era um espasmo intenso, conhecido como espasmo carpal, que não deixava dúvidas sobre a gravidade da situação.

Dr. Maurício franziu o cenho e, enquanto afrouxava o manguito, comentou em voz baixa:

— Está muito ruim. O nível de cálcio está perigosamente baixo.

A confirmação explícita da severidade do meu quadro trouxe uma inquietação ainda maior. O espasmo tinha sido imediato e intenso, evidenciando que meu corpo estava à mercê de um desequilíbrio químico perigoso. Eu não precisava de explicações longas para entender que o tempo estava contra mim. A expressão concentrada de Dr. Maurício e a agilidade da equipe médica ao meu redor eram sinais claros de que cada segundo fazia diferença.

Enquanto ele fazia anotações rápidas no prontuário, senti a fragilidade do meu corpo de forma ainda mais aguda. A cada nova intervenção médica, eu compreendia que estava em um limite tênue entre o controle e o caos interno. Aquele espasmo era apenas um prenúncio das complicações que poderiam surgir se meu corpo não recebesse o tratamento necessário a tempo.

À minha frente, preso na parede acima do leito 3, um relógio digital de mostrador vermelho exibia a data e a hora de forma precisa: eram 07h51 quando a enfermeira conectou a bolsa de cálcio ao acesso venoso em meu braço. O líquido começou a escorrer lentamente pela linha intravenosa, em um esforço silencioso para estabilizar o desequilíbrio que dominava meu corpo.

Enquanto a solução entrava na corrente sanguínea, uma inquietação tomou conta de mim. Por que minha esposa não podia estar comigo? Não fazia sentido. Durante a internação para a cirurgia, Isabel pôde permanecer ao meu lado o tempo todo, confortando-me em cada momento de fragilidade. Agora, em uma situação igualmente delicada, eu estava sozinho. Com mais de 60 anos, eu acreditava que teria o direito de tê-la ali, segurando minha mão e me ancorando à realidade. No entanto, a normas do hospital, em relação à emergência, nos havia separado.

A sala estava cheia de gente — enfermeiros circulando apressadamente, médicos trocando instruções, pacientes lutando silenciosamente em suas macas. Mesmo assim, eu me sentia só. A presença deles não preenchia o vazio da ausência de Isabel. Era uma solidão difícil de descrever, uma sensação de abandono no meio de um caos controlado.

Dr. Maurício se aproximou novamente, silencioso e atento. Com um olhar concentrado, checou o monitor acima da minha cabeça — um visor que eu não conseguia enxergar. Ele analisou os números e gráficos que registravam meus sinais vitais e, após alguns instantes, virou-se para mim.

— O senhor é hipertenso? — perguntou, com uma expressão serena, mas inquisitiva.

— Não — respondi, minha voz fraca e arrastada.

Ele fez um breve aceno de cabeça, registrando a informação mentalmente. Apesar da simplicidade da pergunta, senti que ela carregava mais peso do que aparentava. Meu corpo estava sendo monitorado minuciosamente, e cada detalhe importava. O cálcio fluía lentamente pela veia, mas eu não sabia se aquilo seria suficiente para afastar o perigo iminente.

Senti a necessidade de compreender melhor o que se passava comigo e perguntei ao Doutor Maurício:

— Doutor, quanto está a minha pressão arterial?

Ele consultou o monitor acima da minha cabeça e, com um semblante sério, respondeu:

— Sua pressão está em 175 por 130 mmHg. Os batimentos cardíacos estão em 78 por minuto, e a frequência respiratória é de 8 incursões respiratórias por minuto.

As informações soaram pesadas, como se cada número fosse um sinal de alerta. 175 por 130 era uma hipertensão perigosa, mesmo para alguém que não era hipertenso, e a frequência respiratória de apenas 8 irpm indicava que algo mais profundo e preocupante estava acontecendo. Meu corpo parecia não estar reagindo da maneira adequada, os sinais vitais eram anormais, e aquilo começava a me inquietar ainda mais.

Doutor Maurício permaneceu ao meu lado, observando minha expressão em silêncio, como quem sabe que cada detalhe conta. Entendi, naquele instante, que minha situação exigia vigilância constante. Os números não mentiam, e eu precisava confiar que as ações rápidas da equipe médica iriam reverter o quadro antes que algo pior acontecesse.

08:00

Às 08h06, o ambiente na emergência ficou ainda mais agitado com a chegada de uma ambulância do SAMU. A movimentação foi imediatamente registrada pelo monitor interno da sala, e um enfermeiro prontamente correu para abrir a porta, permitindo a entrada da equipe com o novo paciente.

Os paramédicos do SAMU trouxeram um senhor, aparentando mais de 90 anos, deitado em uma maca e claramente em estado crítico, com evidente falta de ar. Assim que chegaram, colocaram-no no leito ao meu lado esquerdo e, rapidamente, a equipe de enfermagem e dois médicos se concentraram nele. Conectaram-no ao monitor, ajustaram o acesso venoso e iniciaram a administração de oxigênio. O som da sua respiração era alto e inquietante, um ruído que ecoava pela sala, como se cada inspiração fosse uma batalha.

Pouco depois, fecharam a cortina que separava nossos leitos, bloqueando minha visão do que faziam, mas eu continuava ouvindo os sons: ordens rápidas, o zumbido dos monitores e a respiração pesada do paciente. Aquela cortina era fina, e mesmo sem ver, eu sentia o peso da situação ao meu redor.

Foi então que senti uma necessidade crescente de urinar. Chamei um enfermeiro, mas minha voz fraca e rouca se perdeu em meio aos sons da sala. Cada vez que tentava acenar, as pessoas passavam apressadas, sem notar meus gestos. O desconforto aumentava, e eu sabia que não conseguiria segurar por muito mais tempo. A fralda que eu usava parecia minha única saída, embora a ideia me envergonhasse profundamente.

Os minutos se arrastaram, e vinte minutos depois, quando finalmente a situação no leito vizinho se estabilizou, um enfermeiro veio ao meu leito. Sem hesitar, pedi:

— Preciso ir ao banheiro.

O enfermeiro me olhou com um semblante tranquilo, mas a resposta foi rápida e objetiva:

— Infelizmente, não podemos levá-lo ao banheiro agora. Use este saco para urinar.

Ele me entregou um saco coletor, como se fosse a solução mais simples do mundo. Porém, a fralda apertada, a falta de sensibilidade nas mãos e os tremores transformaram a tarefa em um verdadeiro desafio. Tentei me concentrar, mas, como temia, foi um desastre. A maior parte do xixi acabou vazando para a fralda, e naquele momento senti uma onda de vergonha profunda.

Quando o enfermeiro voltou, perguntou casualmente:

— Conseguiu fazer? Pode me entregar o saco.

Entreguei-lhe o saco com um pequeno volume de urina, e ele o examinou por um instante antes de perguntar:

— Foi só isso?

Com a voz baixa e constrangida, respondi:

— Não... A maior parte foi na fralda.

O rosto do enfermeiro permaneceu impassível, como se já estivesse acostumado a essas situações, mas eu sentia o calor no meu rosto, imaginando o quão vermelho deveria estar. Ele caminhou até um armário e logo voltou com um pano úmido e uma fralda nova.

— Vou limpar você — disse ele, enquanto retirava o lençol que me cobria, deixando-me exposto em minha vulnerabilidade.

Com movimentos rápidos e eficientes, retirou a fralda encharcada e passou o pano úmido em minhas partes íntimas, sem demonstrar qualquer julgamento. Em seguida, colocou uma fralda nova, ajustando-a com precisão. Eu me sentia tão frágil e sem forças que nem conseguia dizer uma palavra.

Após me cobrir novamente com o lençol, o enfermeiro olhou para mim e, num tom leve, comentou:

— Na próxima vez, tenta acertar o buraco, tá bom?

Sem esperar resposta, ele se virou e saiu, deixando-me sozinho com minha vergonha e desconforto. Eu não sabia para onde olhar, tentando ignorar a humilhação que aquele momento havia me causado. Cada segundo parecia aumentar meu senso de impotência, e a sensação de solidão voltou a pesar sobre mim, mesmo em meio a tanta gente.

O tempo parecia congelado. A cada segundo que passava, eu olhava para o relógio digital na parede à minha frente, esperando que o ponteiro invisível da urgência o fizesse correr, mas nada. Os minutos se arrastavam como se eu estivesse preso em uma dimensão à parte, onde a dor e a ansiedade se estendiam indefinidamente. Nem sequer três horas haviam passado desde que eu chegara ali, mas a sensação era de uma eternidade.

O som insistente de um dos monitores ao meu redor começou a penetrar minha mente. Era um bipe repetitivo e inescapável que, com o passar do tempo, minha mente começou a replicar mecanicamente, como se houvesse se fundido ao ritmo do aparelho. O som, em vez de me manter consciente, parecia me arrastar ainda mais para dentro da minha própria exaustão mental.

Enquanto eu tentava me manter lúcido, um outro médico se aproximou do meu leito. Ele consultou rapidamente o monitor acima da minha cabeça, e, sem muitas formalidades, perguntou:

— O senhor é hipertenso?

— Não — respondi, tentando focar minha atenção. Precisava saber o que estava acontecendo. — Qual é minha pressão agora?

Ele olhou para a tela e, com um tom neutro e sem alarde, respondeu:

— 192 por 137.

Antes que eu pudesse dizer ou perguntar qualquer coisa, ele se afastou, deixando-me com a mente rodopiando. O número 192 por 137 soava assustador, mas o médico havia dado a informação como se fosse um detalhe rotineiro. O peso da hipertensão severa, que eu nunca havia enfrentado antes, agora se somava à minha crescente inquietação. O silêncio do médico e sua partida apressada deixaram-me com mais perguntas do que respostas.

Eu queria reagir, queria compreender o que aquilo significava para mim naquele momento, mas meu corpo e minha mente estavam mergulhados em uma mistura de torpor e frustração. A cada minuto que se arrastava, minha impotência se tornava mais evidente. Eu estava sozinho, à mercê das máquinas e das mãos apressadas da equipe médica, tentando sobreviver a algo que parecia escapar completamente do meu controle.

Decidi que precisava meditar, acreditando que isso poderia acelerar o tempo e me ajudar a controlar a respiração e a pressão arterial. Olhei para o relógio digital na parede mais uma vez: 08h29. Fechei os olhos e comecei a recitar mentalmente meu mantra, buscando alguma paz no meio daquele caos.

Mas nada acontecia. O barulho dos monitores e das vozes preenchia o ambiente, dificultando minha concentração. Os médicos residentes discutiam entre si, sob a orientação do médico mais experiente, provavelmente o chefe da equipe. Eles falavam dos casos em tratamento ali na emergência, e, por mais que eu tentasse afastar minha atenção, a conversa logo se voltou para o meu caso, e minha mente se agarrou a cada palavra que diziam.

O Doutor Maurício começou a relatar para o médico-chefe tudo o que sabia sobre meu quadro e as medidas que havia tomado até o momento. O chefe, com um tom ríspido e seguro, questionava as decisões, principalmente a dosagem de cálcio que Maurício tinha escolhido. Queria saber exatamente como ele havia feito o cálculo.

Pouco depois, Doutor Maurício se aproximou do meu leito.

— Qual é o seu peso? — perguntou ele, enquanto me observava com atenção.

Respondi o mais claramente que pude, e ele voltou ao grupo, recomeçando os cálculos em voz alta. Minha ansiedade crescia a cada momento. Eu tentava captar cada detalhe da conversa, tentando decifrar meu destino por meio das palavras deles. O Doutor Maurício apresentou o novo cálculo, mas o médico-chefe discordou imediatamente.

— Não, essa dosagem está errada. Desliguem a infusão agora mesmo.

Meu coração disparou. Vi uma das médicas do grupo se aproximar rapidamente e, sem qualquer explicação, desligar a bomba de cálcio que estava conectada ao meu acesso venoso.

Naquele momento, um pensamento terrível tomou conta de mim:

— Fodeu! Agora vou morrer. Cadê você, Isabel?

Eu tentei falar com a médica, perguntar o que estava acontecendo, mas antes que eu conseguisse formar uma frase coerente, ela se afastou para se juntar aos outros médicos.

A impotência me consumia. A voz rouca e fraca que saía de mim era abafada pelo barulho da sala. Meu pedido de ajuda não chegava a ninguém. Eu precisava entender o que estavam fazendo, mas não conseguia ser ouvido. Meu coração começou a acelerar, e senti a taquicardia tomando conta. O dreno no pescoço aumentava meu desconforto, cada movimento me lembrando da fragilidade em que eu estava mergulhado. O suor frio escorria pela minha testa.

Observei, sem poder intervir, enquanto os médicos continuavam discutindo sobre minha situação. Estavam consultando artigos na internet, trocando informações e debatendo a melhor forma de lidar com meu quadro. Eu me sentia como um experimento, como se estivesse à mercê de decisões incertas e mãos inexperientes.

E se não fosse apenas falta de cálcio? E se estivessem errando? Pensamentos sombrios tomaram conta de mim:

— Estou com médicos inexperientes. E se eles não souberem o que fazer? Vou morrer aqui sem respostas. Cadê alguém que realmente conheça o meu caso?

Olhei novamente para o relógio. 08h54. Finalmente, os quatro médicos retornaram ao meu leito. Começaram a ajustar a dosagem, o tempo e a velocidade da nova infusão de cálcio. Um dos médicos checou novamente o monitor ao meu lado e, mais uma vez, perguntou:

— O senhor é hipertenso?

Com a pouca voz que me restava, respondi:

— Não.

Eles assentiram rapidamente e se afastaram novamente, retomando a conversa entre si sobre meu caso, como se eu não estivesse ali.

A sensação de abandono era esmagadora. Eu me sentia como uma cobaia, um paciente invisível no meio de uma discussão acadêmica. Cada vez mais, a certeza de que minha vida estava nas mãos de pessoas que não tinham todas as respostas me atormentava. Minha mente girava em círculos:

— Será que é só falta de cálcio? Será que vou conseguir sair dessa? Não quero morrer.

A pressão alta, a falta de cálcio e a incerteza eram uma combinação perigosa. Eu estava preso entre a esperança de que eles acertassem o tratamento e o medo paralisante de que um erro pudesse ser fatal.

09:00

Eram 09h02 e o debate entre os médicos residentes ainda não havia terminado. Eu conseguia ouvir pedaços da discussão, e ficou claro que o plano era me manter em infusão contínua de cálcio por 12 horas, com paradas periódicas para novos exames de sangue, a fim de verificar se os níveis de cálcio estavam normalizando.

Um dos médicos comentou que o nível ideal de cálcio total deveria estar entre 8,8 e 10,8 mg/dL, mas o meu havia caído para menos de 4,0 mg/dL — um valor crítico. Ouvi também que o cálcio iônico, que deveria variar entre 4,64 e 5,28 mg/dL, estava em 0,8 mg/dL. Mesmo sendo leigo, ficou claro que a situação era grave. Algo tão essencial ao corpo, que deveria estar em níveis normais, estava perigosamente baixo em mim.

De repente, um som alto de sufocamento preencheu a sala, interrompendo a conversa dos médicos. O barulho vinha do senhor ao meu lado, que parecia estar tendo uma crise respiratória. Dois dos quatro médicos correram para o leito dele, enquanto enfermeiros se aproximaram para ajudar. Fiquei observando, inquieto, e o som dos equipamentos e do esforço do senhor me faziam segurar o fôlego involuntariamente. Depois de alguns minutos, ele conseguiu se acalmar, e a equipe médica voltou ao normal.

Os médicos então retornaram ao meu caso, mas o chefe da equipe parecia ainda insatisfeito com as respostas. Ele continuava pesquisando e lendo artigos na internet, debatendo as informações com os outros médicos como se buscasse a solução perfeita. Tudo aquilo me deixava inquieto; era como se o destino do meu corpo dependesse de uma equação que eles ainda não conseguiam resolver.

O chefe finalmente veio até mim e, com um tom inquisitivo, perguntou:

— O senhor já toma cálcio regularmente?

Respondi que sim e expliquei que desde sábado estava tomando 1,5 gramas por dia. Aproveitei o momento para dizer:

— Estou com fome...

Ele me olhou com uma expressão surpresa.

— Você não comeu nada até agora?

— Não.

Ele chamou um dos enfermeiros e pediu que providenciasse algo.

— Traz um café com leite para ele.

Enquanto esperava o pedido, o médico olhou novamente o monitor ao meu lado, registrando os dados silenciosamente, e fez a pergunta que parecia não querer calar:

— O senhor é hipertenso?

Mais uma vez, respondi que não. Ele apenas assentiu, como se ainda estivesse tentando entender algo que não encaixava, e se afastou, voltando ao seu celular para continuar a pesquisa sobre o meu caso.

Às 09h17 um enfermeiro trouxe o copo de café com leite, mas ao pegá-lo percebi que estava gelado e sem açúcar. O enfermeiro levantou a parte superior da cama e eu fiquei praticamente sentado. Bebi alguns goles com dificuldade, resignado, mas o desconforto só aumentava. Eu precisava de energia e de alguma normalidade, mas até aquela pequena esperança me parecia fora de alcance.

Eram 09h32 quando o Dr. Maurício se aproximou novamente e, com uma expressão séria, perguntou:

— Como está se sentindo?

— Ainda com dormência no corpo, nada mudou — respondi, frustrado com a persistência dos sintomas.

Sem perder tempo, ele repetiu o teste do Sinal de Trousseau, inflando o manguito do esfigmomanômetro no meu braço. Assim que a pressão foi mantida, minha mão se contorceu rapidamente, assumindo a postura dolorosa do espasmo carpal. Maurício observou o movimento e murmurou:

— Ainda está bem ruim.

Aproveitei para perguntar:

— Por que estou assim, doutor? O que aconteceu?

Ele respondeu com paciência, embora a preocupação fosse evidente em seu tom:

— Como o senhor fez uma tireoidectomia total, é possível que as paratireoides tenham sido afetadas. Isso pode prejudicar a regulação do cálcio no corpo. Estamos tentando entender por que a quantidade diária que o senhor ingeriu após a cirurgia não foi suficiente para manter seus níveis estáveis.

De repente, algo pareceu ocorrer ao doutor Maurício. Sem explicar mais nada, ele saiu apressado em direção ao computador onde estava antes e começou a buscar algo com concentração. Era como se tivesse tido um insight, uma peça que faltava para resolver o quebra-cabeça.

Enquanto ele se debruçava sobre a tela, a gritaria da senhora na ala ao lado continuava ecoando pela emergência como uma sirene incessante. 09h41. Olhei para o relógio e, mais uma vez, a sensação de que o tempo não passava tomou conta de mim. A fome que eu sentia tornava-se cada vez mais difícil de ignorar, aumentando minha exaustão física e mental.

O dreno no meu pescoço também era um tormento constante. A sensação de desconforto me irritava mais a cada minuto. Se eu estivesse bem, aquele seria o dia em que retirariam o dreno — estava programado para ser retirado na tarde de segunda-feira. Agora, preso naquela cama, me perguntava: será que ainda vão tirar hoje?

No domingo, eu já havia notado algo estranho. O dreno parecia entupido. Não havia mais fluxo para o depósito, e o líquido acumulado no tubo estava parado, como se o sangue tivesse coagulado e bloqueado a passagem. Preocupado, liguei para minha amiga Carol, que é enfermeira, e perguntei a opinião dela. Carol sugeriu que eu procurasse um médico, mas também comentou que, se eu já fosse retirar o dreno na segunda, talvez valesse a pena esperar.

Ela até me ensinou algumas manobras para tentar movimentar o sangue dentro do tubo. Consegui esvaziar uma parte para o depósito, mas a maior parte do líquido permaneceu estagnada no duto, me deixando ainda mais preocupado.

Agora, deitado ali na emergência, eu me perguntava por que ninguém tinha verificado o dreno. Eles sabiam que eu estava com ele — afinal, o penduraram na lateral da cama. Mas, até aquele momento, nenhum médico ou enfermeiro havia se dado ao trabalho de checar se estava funcionando corretamente. Cada segundo que passava, minha mente se tornava mais inquieta, dividida entre o incômodo físico, a fome e a frustração por não saber quando — ou se — alguém cuidaria disso.

Fiquei ali, imóvel, ouvindo os bipes dos monitores e os gritos da outra ala, pensando no dreno, no cálcio e tentando ignorar a sensação crescente de que algo estava sendo negligenciado.

O tempo parecia congelado, 09h41, e o relógio digital na parede insistia em marcar sempre o mesmo horário. Então, ouvi uma conversa entre as enfermeiras. Uma delas comentou que às 10h30 iriam liberar a visita dos familiares. Meu coração deu um salto de esperança:

— Será que a Bel vem me ver?

Com esse pensamento, tentei manter uma postura positiva, renovando minha esperança de que logo eu sairia daquela situação desconfortável. O simples fato de pensar que Isabel poderia estar a caminho me deu forças para suportar mais um pouco.

Foi então que percebi que um enfermeiro estava me observando do lado de fora do meu leito. Aproveitei a oportunidade para chamá-lo:

— Eu preciso urinar... Tem algo que não seja o saco?

Ele pareceu pensar por um segundo e, então, gritou para uma colega:

— Débora, onde está a comadre?

Ela riu e respondeu com ironia:

— Comadre? Pra que ele quer comadre?

O enfermeiro deu uma risada também.

— Tem o papagaio, serve? — disse ele, apontando para o urinol.

— Isso! Papagaio! — sussurrei, aliviado.

Ele se abaixou, pegou o urinol debaixo da cama e, ainda rindo, entregou-o para mim:

— Vê se não erra o buraco dessa vez, hein?

Em seguida, ele fechou a cortina do meu leito, me dando um pouco de privacidade. Com cuidado, me ajeitei na cama e consegui finalmente urinar. O som do líquido enchendo o recipiente foi um alívio, um pequeno triunfo naquele cenário de desconforto. Consegui não errar o buraco dessa vez, e por um instante, me senti mais no controle da situação.

Quando terminei, porém, percebi que estava sozinho, sem como chamar alguém para recolher o urinol. Minha voz era apenas um sussurro, e eu sabia que ninguém me ouviria por causa do barulho na sala. Então, esperei, tentando manter a calma, enquanto segurava o papagaio cheio.

Às 09h58 finalmente, o enfermeiro retornou e abriu a cortina:

— Acabou? — perguntou ele, despreocupado.

Com um aceno, entreguei-lhe o urinol. Ele o pegou e, enquanto o segurava, olhou rapidamente para dentro e anunciou alto:

— 380 ml!

Parecia que ele esperava que alguém anotasse, mas ninguém ao redor parecia se importar. Os outros enfermeiros continuavam suas conversas, e os médicos, imersos em suas pesquisas e debates. Foi como se aquela informação tivesse sido jogada ao ar, sem que ninguém registrasse nada oficialmente.

Eu apenas observei em silêncio, resignado, tentando encontrar algum conforto no fato de que, pelo menos, aquele pequeno momento havia passado sem mais incidentes. O tempo continuava arrastado, mas agora eu só pensava que faltavam pouco mais de 30 minutos para as visitas. E, com sorte, Isabel estaria entre elas.

10:00

Minha expectativa de ver Isabel era tudo o que importava naquele momento. O relógio digital na parede se tornou meu inimigo, cada minuto parecia se arrastar eternamente, eram 10h05. Abaixo do relógio, meu olhar recaía sobre o homem entubado no leito à frente. Ele estava completamente alheio ao que acontecia, mas, às vezes, eu tinha a impressão estranha de que ele ouvia tudo, prisioneiro de um corpo que não conseguia reagir. Seus olhos estavam cobertos com algodões, bloqueando sua visão, talvez para protegê-lo da luz e do ambiente.

O monitor ao lado dele mostrava sinais vitais aparentemente normais: 123 por 80 de pressão arterial, 78 batimentos por minuto e 17 irpm. Para um leigo como eu, ele parecia em melhores condições que eu do ponto de vista cardiovascular, mesmo naquela situação crítica. No entanto, eu não conseguia parar de me perguntar: — "Ele estava respirando por ele mesmo ou eram as máquinas fazendo o trabalho?" — Gostava de pensar que ele ainda estava lutando, mas então me questionava: — "Por que ele estava entubado, afinal?"

De repente, uma médica se aproximou dele, ajustou algo no monitor e perguntou em voz alta:

— Podemos transferi-lo para a UTI?

O médico-chefe olhou para ela e respondeu sem hesitar:

— Ainda não. Assim que ele atingir o estágio que esperamos, será transferido.

A médica murmurou algo para uma das enfermeiras, que rapidamente saiu para cuidar do procedimento.

Olhei para o relógio novamente. 10h05. Ainda faltavam 25 minutos para as visitas começarem, mas cada segundo ali parecia uma eternidade. Sentia que o tempo não passava naquela sala sufocante. Uma pequena esperança surgiu quando percebi que a dormência em um dos meus braços estava começando a diminuir. Era o braço onde o cálcio estava sendo administrado. No entanto, o resto do meu corpo permanecia dormente, como se estivesse preso em uma armadilha invisível.

Então ouvi o doutor Maurício comentando, com preocupação, que meus exames não estavam bons: — Os níveis estão muito baixos, e parece que o cálcio não está segurando.

Essa observação iniciou um novo debate entre os quatro médicos. A discussão se intensificava, e eu podia sentir a tensão crescente entre eles.

De repente, a doutora veio até o meu leito e, de longe, examinou o monitor e as bombas de infusão. Então, exclamou:

— Cadê a bolsa de magnésio?

O médico-chefe se virou, com uma expressão severa.

— Como assim?! Não colocaram o magnésio? Maurício?

Maurício abaixou a cabeça e respondeu com um tom de frustração:

— Esqueci.

— “Puta que pariu!” — pensei. “Vou acabar morto neste lugar. Como eles podem esquecer algo tão importante?”

Maurício imediatamente pediu o magnésio à farmácia, mas o soro demorou a vir. Quando finalmente chegou, uma enfermeira veio até mim, inseriu um novo acesso no outro braço e conectou a bolsa de magnésio a uma bomba de infusão. Agora, meus dois braços estavam imobilizados pelos acessos venosos. A sensação de prisão se intensificou; eu não podia sequer mexer os braços.

A discussão entre os médicos esquentava. Agora, o foco era ajustar a nova dosagem de magnésio e cálcio e definir como proceder nas próximas horas. Decidiram que, em três horas, fariam novos exames de sangue para verificar se os níveis estavam estabilizando.

Pensei comigo mesmo, em um misto de frustração e desespero: “Meu Deus, mais três horas aqui? Como vou aguentar?”

O tempo continuava a se arrastar de maneira implacável. Olhei para o relógio novamente, mas os ponteiros digitais pareciam imóveis. 10h30 não chegava nunca, e eu permanecia preso, sofrendo com a fome, o desconforto, o dreno incômodo e a incerteza sobre o que ainda viria. A esperança de ver Isabel era a única coisa que me mantinha lúcido naquela espiral de caos e espera.

Quando o horário prometido para as visitas chegou e a porta não foi aberta, a inquietação tomou conta de mim. Vi uma enfermeira passar e, sem hesitar, perguntei:

— Quando as visitas vão entrar?

Ela respondeu de forma vaga:

— Em breve será liberado.

Mais espera, mais tempo preso em um limbo de incerteza. Eu nem sabia se Isabel viria. Não tinha celular para contatá-la, para perguntar se estava tudo bem ou, ao menos, para me distrair. Minha mente vagava inquieta. Fiquei pensando por que não deixam os pacientes terem livros, celulares ou qualquer coisa para ocupar o tempo. Será para evitar gravações? Eu não sabia, mas ficar sem nada para se distrair era uma tortura silenciosa.

"Que mundo é esse, meu Deus?" — pensei, sentindo-me cada vez mais mentalmente perturbado com o tempo parado e os sons incessantes dos monitores ao redor.

Finalmente, às 10h43 a porta começou a se abrir. Era como a "Porta da Esperança", um programa do SBT que o apresentador Silvio Santos apresentava aos domingos. Duas mulheres entraram primeiro, indo até o velhinho no leito ao meu lado esquerdo. Logo atrás, uma senhora veio visitar o homem entubado. E então eu a vi, Isabel. Ela entrou carregando uma mochila, que teve de deixar em um canto afastado de mim. Por um momento, minha mente vagou: — "Viemos sem mochila e agora ela aparece com mochila?". Mas nada disso importava. O mais importante era que ela estava ali, com os olhos cheios d'água e nariz vermelho, como a Rena Rudolph do Papai Noel. Seu nariz inchado de tanto chorar me dizia o quanto ela havia sofrido até conseguir me ver.

Ela não sabia o que dizer no início. Apenas me olhava, visivelmente emocionada. Me abraçou apertado, e eu quis desesperadamente retribuir, mas não consegui por causa dos acessos nos dois braços.

— Amor, como você está se sentindo? — perguntou, a voz trêmula.

— Ainda com o corpo formigando, mas tenho fé de que tudo vai ficar bem. — sussurrei.

Isabel olhou ao redor e perguntou:

— Quem é o médico responsável?

— Doutor Maurício. — respondi, apontando para ele.

Sem perder tempo, ela foi até ele e o trouxe para o meu leito, disparando uma sequência de perguntas:

— O que ele tem?

Maurício, direto e objetivo, respondeu:

— Hipocalcemia. Já estamos administrando cálcio e magnésio para corrigir os níveis.

— Ele vai sair da emergência hoje? — perguntou ela, ansiosa.

— Provavelmente não. Talvez só amanhã. — respondeu Maurício com honestidade.

Isabel respirou fundo, a ansiedade visível em seu rosto:

— É grave?

— Se ele tivesse demorado mais para chegar, poderia ter tido uma convulsão ou até uma parada cardíaca. O cálcio é essencial para o funcionamento do coração.

— Meu Deus! — espantou-se Isabel.

Isabel agradeceu ao médico, visivelmente abalada, mas mantendo a calma. Voltou para mim e sorriu, segurando minha mão:

— Vai dar tudo certo.

Eu a olhei nos olhos, cheio de emoções:

— Não quero ficar aqui na emergência. Quero você comigo.

Ela apertou a minha mão com carinho:

— Eu também queria. Mas o médico sabe o que é melhor.

— Promete que volta às 20h30? — pedi. Eu precisava vê-la de novo para suportar mais algumas horas ali. — Vou tentar convencer o médico a me transferir para um quarto.

Ela assentiu:

— Eu volto, sim. Vou para casa descansar um pouco. Já chorei demais.

Apesar do curto tempo, ver Isabel ali foi como um raio de Sol atravessando uma longa tempestade. Eu me sentia melhor. Pedi que ela checasse minha pressão no monitor. Ela olhou e disse:

— 140 por 104.

Sorri para ela e pensei: "Incrível! Com Isabel aqui, eu já melhorei. Já posso ir embora!"

Mas sabia que não seria assim tão fácil. Antes que eu pudesse falar mais alguma coisa, a enfermeira-chefe se aproximou e, sem rodeios, disse:

— A visita precisa acabar.

— Mas já? — perguntei, surpreso. Olhei para o relógio e vi que eram 10h59.

Foi quando entendi que Einstein estava certo: o tempo é relativo e depende do referencial em relação ao qual o medimos. Aqueles breves minutos com Isabel voaram como um piscar de olhos, enquanto os momentos de solidão arrastavam-se como uma eternidade.

Isabel me abraçou forte e, com um beijo suave na testa, sussurrou:

— Fique bem, meu amor.

Eu a observei enquanto pegava sua mochila e saía pela porta. A porta da desesperança.

E assim, meu mundo colorido voltou a ser cinza.

11:00

Os sons da emergência voltaram a ecoar na minha mente, uma sinfonia caótica e incessante. Os bipes irregulares, as conversas entre médicos e enfermeiros, e os ruídos dos monitores compunham um cenário que parecia eterno. Cada som acentuava meu desconforto e minha ansiedade.

Senti novamente a necessidade de urinar, e chamei o enfermeiro. Ele apareceu prontamente e, sem demora, pegou o urinol debaixo da cama. Como das outras vezes, fechou a cortina ao meu redor para me dar privacidade. Coloquei o recipiente no lugar, mas a ansiedade dificultava o processo. A vontade era grande, com duas bolsas de soro correndo no meu corpo. Era a terceira vez que precisava urinar naquele curto espaço de tempo.

Fechei os olhos, tentando me concentrar e, finalmente, o xixi desaguou no urinol de plástico. O calor do líquido se acumulava no recipiente e esquentava minhas coxas, aumentando a sensação de desconforto, mas também de alívio. Observei o volume: 450 ml.

O enfermeiro entrou novamente pela abertura da cortina, pegou o urinol e, com a mesma naturalidade, leu o volume em voz alta:

— 450 ml.

Ele saiu em seguida para esvaziá-lo no banheiro e, alguns minutos depois, retornou com o urinol limpo, colocando-o novamente debaixo da cama.

Olhei para o relógio. 11h09. O tempo continuava arrastado, e me senti como se estivesse ouvindo a música *As*

Slow As Possible de John Cage, a música mais lenta do mundo, que parecia ser a trilha sonora perfeita para aquele momento interminável.

Logo depois, o doutor Maurício voltou ao meu leito e conversou com o enfermeiro.

— Entre 11h45 e 12h00, colete o sangue para o exame. Eu mesmo levarei ao laboratório.

O enfermeiro assentiu, levantando o polegar em um gesto rápido de "joinha". Maurício então se virou para mim:

— Como está se sentindo?

— A dormência parece estar diminuindo.

Ele sorriu levemente.

— Que bom. Estamos no caminho certo.

Aproveitei o momento e perguntei:

— Doutor, será que ainda hoje posso ir para a enfermaria?

Maurício fez uma pausa antes de responder:

— Ainda não seria prudente. Precisamos acompanhar mais a evolução, especialmente sua pressão arterial. Está 178 por 114, e ainda precisa baixar um pouco mais.

Senti uma leve frustração, mas ao menos ele deixava uma esperança de que, se as coisas continuassem melhorando, a transferência para a enfermaria poderia ser possível em breve. O tempo parecia eterno, mas tentar melhorar minha condição e sair dali para um espaço mais tranquilo tornou-se minha nova meta.

11h16 e nada acontecia. Enquanto esperava o tempo passar, minha mente começou a buscar uma forma de desconectar-se daquele ambiente sufocante. Precisava de algo para me distrair ou, pelo menos, tentar dormir, mas meu corpo frágil e a situação ao meu redor tornavam isso impossível.

Chamei a enfermeira e pedi:

— Você pode abaixar o encosto? Preciso descansar um pouco.

Ela olhou para mim com um sorriso educado, mas respondeu:

— Agora não é uma boa ideia, senhor. Estamos prestes a distribuir o almoço.

Diante dessa resposta, desisti. Estava morrendo de fome e sabia que precisava realmente comer algo para ganhar um pouco de energia. Esperar pela comida era a única coisa que fazia sentido naquele momento.

Poucos minutos depois, às 11h16, a enfermeira voltou com uma bandeja de almoço e a colocou cuidadosamente sobre a mesa ao lado da cama. O cheiro me fez perceber o quanto eu estava faminto. A bandeja continha arroz, feijão, legumes e carne moída — simples, mas para mim, naquele momento, parecia um banquete.

Comi tudo. Cada garfada era uma vitória, ainda tinha dificuldades para engolir. A comida me trouxe um breve alívio, não apenas físico, mas também mental. Era uma pequena sensação de normalidade, uma lembrança de que ainda estava vivo e que, por mais difícil que fosse a situação, meu corpo ainda respondia.

Pedi um copo de água para a enfermeira e, enquanto esperava, olhei novamente para o relógio: 11h28. Senti uma mistura de confusão e frustração. O tempo não andava, ou eu tinha comido rápido demais? Não sabia dizer, mas a sensação de eternidade naquele lugar não me deixava.

Bebi a água em silêncio e entreguei a bandeja vazia à enfermeira. Ela levou tudo embora, e agora, com a barriga cheia, percebi que não conseguiria dormir tão cedo. Precisava pensar em algo para escapar, pelo menos mentalmente, daquela prisão.

De repente, um urro forte e incompreensível ecoou do leito à minha esquerda. Era o senhor idoso que havia chegado sem ar. O som chamou imediatamente a atenção de todos na sala. Os médicos se aproximaram rapidamente, tentando entender o que ele queria.

— O que o senhor está pedindo? — perguntou a médica que o atendia, inclinando-se para ouvir melhor.

— "Fumaaaa". — resmungou ele, com a voz rouca e baixa.

A médica franziu o cenho, confusa e perguntou:

— O quê? Repita, por favor.

Com esforço, o senhor gemeu novamente, desta vez mais claro:

— "Fumaaaa".

Houve um breve silêncio de perplexidade entre os médicos e enfermeiros. A médica o encarou por alguns segundos, tentando confirmar o absurdo:

— O senhor quer fumar?

Eu, preso ao meu leito, tive que conter uma risada nervosa. O pedido, em meio a toda aquela seriedade e tensão, parecia tão surreal que quase soava como uma piada involuntária. Na minha mente, pensei: "Fumar? No meio de tudo isso?"

Os médicos, embora profissionais, não conseguiram esconder a surpresa com o pedido inusitado.

A médica, com uma expressão de surpresa controlada, confirmou:

— O senhor quer um cigarro?

O idoso tossiu e, com a voz fraca e arrastada, respondeu:

— Sim.

A médica balançou a cabeça, como se não pudesse acreditar no que ouvira.

— Não pode fumar aqui, senhor.

Enquanto ela se afastava, pensei comigo mesmo:

— Como é possível? Um senhor com mais de 90 anos, internado com enfisema pulmonar e falta de ar, e, ainda assim pedindo um cigarro? Parecia impossível que, no limite da vida, ele mantivesse o desejo de algo que o prejudicava tanto.

A médica voltou para junto do grupo de médicos e começaram a discutir o nível de saturação que o monitor exibia ao lado do leito dele.

— Subiu para 89%. — disse a médica, com uma leve satisfação na voz.

Pelo jeito, ele havia chegado com uma saturação muito mais baixa. Aquela pequena melhora parecia uma vitória para os médicos. Por mais frágil que fosse, 89% era um sinal de que, ao menos por enquanto, ele ainda estava lutando.

Então, vi o grupo médico chamar a enfermeira-chefe e iniciar uma conversa em tom mais baixo. Após alguns minutos, decidiram permitir que os familiares entrassem, um de cada vez, para vê-lo. Pelo que entendi, não acreditavam que ele iria resistir por muito mais tempo. A vaga na UTI ainda estava sendo negociada, mas não era garantido que conseguiria uma.

Olhei para o velhinho, ali no leito, ainda conectado aos monitores e respirando com dificuldade. Pensei em como a vida pode ser irônica: no meio de tubos e máquinas que lutavam para mantê-lo vivo, ele só queria fumar.

Pouco depois, a procissão dos familiares começou. Um parente de cada vez entrava para ver o senhor no leito ao meu lado. Era comovente perceber que, apesar da fragilidade extrema, ele ficava feliz com cada visita. A presença dos seus entes queridos parecia ser o único conforto em meio àquele cenário triste, quase como uma despedida silenciosa.

Alguns permaneciam por um tempo maior, trocando palavras baixas, talvez recordando memórias ou se despedindo com carinho. Outros entravam e saíam rapidamente, incapazes de conter as lágrimas ou de suportar a situação por muito tempo. Todos, sem exceção, saíam chorando.

Cada parente que passava pelo corredor ao lado do meu leito, carregando a dor no rosto, aumentava minha tensão e desconforto. O som dos soluços e lamentos era pesado, como uma névoa emocional que se espalhava pelo ambiente, tornando a atmosfera mais densa e difícil de suportar.

De repente, a organização da visitação começou a se descontrolar. Mais de um parente entrou de uma vez e acabou permanecendo ao lado do senhor, conversando e lamentando em voz alta. A pequena procissão transformou-se em uma reunião improvisada, cheia de falatórios, choros e despedidas ruidosas.

Durante esta algazarra ao meu lado, se aproximou um enfermeiro de mim:

— Senhor Mauro, irei retirar o seu sangue para medir o nível de cálcio, ok?

— Sim.

— Fecha a sua mão por favor. — pediu o enfermeiro enquanto colocava o garrote e depois começou a procurar uma veia aparente para poder retirar o sangue. — Essa está ótima. Vai sentir a picada. — comentou o enfermeiro.

Eu estava tão atordoado com a confusão que havia se instalado naquele local que nem senti ele retirar o sangue, o garrote e nem notei ele indo embora.

Por um instante, pareceu que a família havia esquecido que estava em uma sala de emergência, como se quisessem prolongar o momento ao máximo.

Depois de uns 15 minutos, a enfermeira-chefe se aproximou com um tom firme e, pedindo educadamente, instruiu todos a deixarem o leito. A situação estava saindo do controle, e eles precisavam manter a ordem no espaço apertado e tenso da emergência.

Com um suspiro cansado, olhei para o relógio acima do leito do senhor entubado: já passava das 12h00. O tempo havia avançado um pouco, mas a sensação de desconforto permanecia, como se aquelas despedidas e lamentos reabrissem feridas invisíveis dentro de mim.

12:00

O estômago cheio me deixava desconfortável e impedia qualquer tentativa de descansar. Estava estufado, como se a comida tivesse se transformado em um peso insuportável dentro de mim.

Uma atendente apareceu na sala, visivelmente nervosa. Pediu desculpas à enfermeira-chefe pelo tumulto causado pelos familiares do idoso ao meu lado. No rosto dela, era claro o medo de que a situação fosse reportada aos superiores.

A enfermeira-chefe, no entanto, se mostrou compreensiva.

— Não se preocupe. Ele logo será transferido para a UTI — respondeu com calma, tentando tranquilizá-la.

Mesmo assim, a atendente continuou a pedir desculpas, sem conseguir esconder a ansiedade. A enfermeira a acompanhou até a porta interna do hospital, saindo juntas.

Enquanto isso, uma outra enfermeira se aproximou do meu leito para retirar sangue novamente, desta vez buscando uma veia na minha mão direita. A dor foi intensa, mas eu me contive. Já havia passado por tanta coisa que aquilo parecia apenas mais um desafio a suportar.

Ainda assim, achei estranho. Vinte minutos atrás, outro enfermeiro já havia coletado sangue da minha mão esquerda. Por que precisariam fazer isso de novo tão rápido?

A enfermeira colocou o sangue em um tubo de ensaio e o entregou ao doutor Maurício que, rapidamente, fez a guia de exame e foi levá-lo ao laboratório. O mais curioso era que a técnica de laboratório havia acabado de sair com o primeiro tubo de sangue que tinham coletado minutos antes.

Minha mente começou a questionar:

— Será que esse é outro exame? Ou eles se esqueceram e estão repetindo a mesma coleta?

A incerteza aumentava meu desconforto. Cada vez mais eu sentia que minha situação estava cercada por uma confusão silenciosa, como se nem todos soubessem exatamente o que estavam fazendo.

Olhei para o relógio a minha frente e vi que ainda eram 12h25, quando, de repente, o doutor Maurício voltou à sala e comentou com as enfermeiras:

— Já tem um tubo de sangue dele no laboratório para o exame.

O enfermeiro que havia feito a primeira coleta respondeu prontamente:

— Eu retirei às 11h40, como o senhor havia pedido.

Maurício franziu a testa, confuso.

— Mas quem pediu para entregar no laboratório? Eu acabei de levar um agora.

O enfermeiro ficou um pouco desconcertado, mas respondeu:

— Foi o senhor mesmo. O senhor me entregou a guia mais cedo para levar junto com a amostra.

O médico parou por um instante, perplexo, e então balançou a cabeça com um sorriso cansado:

— Eu? Estou realmente esgotado. — disse, rindo, enquanto caminhava de volta para sua mesa e seu computador, ainda meio perdido em seus próprios pensamentos.

Chegando lá, pareceu lembrar-se de algo e voltou em direção ao meu leito. Ele verificou as bombas de soro, ajustando algumas coisas com rapidez, mas sem olhar para mim ou perguntar como eu estava. Terminou o que precisava e, sem dizer uma palavra, retornou à sua mesa.

Eu me senti completamente ignorado. Minha mente e corpo estavam no limite. A dor da cirurgia latejava constantemente, a dor de cabeça se intensificava, e eu precisava urinar de novo. O estômago estufado me impedia de descansar, e cada minuto naquele ambiente parecia uma eternidade vazia e sem propósito.

Além do desconforto físico, o tédio era insuportável. Estava preso em um espaço sem nada para fazer, sem nenhuma atividade mental ou distração para ocupar a mente. A sensação de impotência e a falta de controle sobre minha situação eram esmagadoras.

Tudo o que eu queria era escapar daquela sala — descansar, me movimentar e ter minha esposa ao meu lado. Mas ali estava eu, preso no tempo, sem outra escolha a não ser esperar e suportar.

O tempo continuava a se arrastar. Cada minuto parecia uma eternidade. A sensação era de que dias se passaram desde que eu entrei naquele ambiente sufocante. Sentado na cama, eu já conhecia os trejeitos de cada médico e enfermeiro que circulavam pela sala — seus movimentos, expressões e rotinas estavam gravados na minha mente como um filme repetido à exaustão.

Os sons incessantes dos monitores ecoavam em meu cérebro como uma trilha sonora perturbadora. Nada mudava. Tudo estava congelado em uma sequência interminável, até que algo chamou minha atenção.

Os médicos se voltaram para o monitor da câmera que mostrava a entrada da emergência. Um carro parou na porta. Alguém saiu do veículo apressado e tocou a campainha com desespero. Uma mulher, segurando uma criança pequena nos braços, entrou gritando por ajuda. A aflição em sua voz era clara, e todos na sala se prepararam para agir rapidamente.

A enfermeira-chefe correu pela porta da emergência e, momentos depois, voltou segurando um bebê de bruços nos braços. Eu reconheci imediatamente o que ela estava fazendo: a manobra de Heimlich para bebês. Lembrei do curso de primeiros socorros que fiz há alguns anos e sabia o quão crítica era cada ação naquele momento.

Todos os enfermeiros e dois dos médicos se moveram com rapidez e foram para o leito ao meu lado direito, onde o bebê foi colocado. Eles fecharam a cortina para preservar o momento e se concentrar na manobra. A tensão era palpável.

Segundos se arrastaram como horas, enquanto eu, imóvel na cama, observava com o coração acelerado. A angústia tomava conta de todos. Então, finalmente, um coro de vozes rompeu o silêncio:

— Graças a Deus!

O bebê desengasgou. O som do choro explodiu como música para nossos ouvidos. Eu soltei um suspiro involuntário, como se tivesse segurado a respiração junto com todos ali. O alívio era quase tangível, um momento de vitória em meio ao caos daquela emergência.

A enfermeira saiu da cortina, carregando a menina nos braços com uma mistura de orgulho e profissionalismo. Era uma bebê linda — cabeluda, bochechuda e cheia de vida. A cena de seu pequeno corpo frágil agora seguro nos braços da enfermeira acalmou meu coração por um instante.

Porém, a mãe e os familiares não estavam ali para compartilhar esse alívio imediato. O segurança da emergência não permitiu que entrassem. Tudo aconteceu em apenas dois minutos, mas a tensão e o medo pareciam ter durado uma eternidade.

O médico-chefe auscultou a bebê rapidamente e, satisfeito com os sinais vitais, disse à enfermeira:

— Leve-a para a mãe.

Ver aquela menininha passar na minha frente, sã e salva, trouxe um momento de paz em meio ao tormento daquele dia interminável. Por alguns instantes, eu me senti grato por estar ali para presenciar aquele milagre silencioso.

Olhei novamente para o relógio. A verdade crua estava lá, implacável: 12h38. O tempo parecia avançar em câmera lenta, e a sensação de claustrofobia emocional aumentava. Eu precisava fazer algo para não enlouquecer, mas meu corpo frágil e limitado não permitia muito mais do que esperar e observar.

A porta da emergência se abriu, e um grupo de estudantes de medicina entrou, acompanhados pela médica-chefe. Quatro ou cinco alunos, não conseguia precisar ao certo, atravessaram o corredor, com olhares atentos e curiosos. Estavam ali para aprender, mas para mim, eles pareciam mais um lembrete incômodo de que minha vida estava nas mãos de pessoas ainda em formação.

A médica-chefe conduziu o grupo diretamente ao médico responsável pelo setor, próximo ao meu leito. Eles conversaram por alguns minutos, falando em tom baixo, provavelmente sobre os casos presentes na emergência e a logística para o restante do plantão.

Após a rápida conversa, a médica-chefe fez um sinal com a cabeça e todos saíram para almoçar, deixando o ambiente momentaneamente mais vazio. Agora, restavam apenas dois médicos e duas enfermeiras na sala, cuidando da emergência em um ritmo mais calmo, mas ainda atento.

Observei em silêncio, sentindo a solidão crescer dentro de mim. A fome já não era um problema, mas a mente inquieta continuava à procura de alguma forma de fugir daquela situação. Cada som e movimento ao meu redor se tornava mais evidente, como se o ambiente estivesse amplificado dentro da minha cabeça.

Eu precisava encontrar alguma maneira de me manter lúcido até a próxima visita ou, com sorte, até a transferência para um quarto. O tédio, a dor e o desconforto não dariam trégua tão cedo.

O tempo continuava a se arrastar, implacável e cruel. Nada urgia naquela sala: tudo era lento, denso, como se eu estivesse preso em um ciclo interminável de espera e desconforto.

Sentindo novamente a pressão na bexiga, chamei a enfermeira e pedi:

— Preciso do urinol, por favor.

Ela apareceu com um sorriso discreto, entregou-me o urinol e fechou a cortina, preservando a minha privacidade. A familiaridade daquele ato quase me fez rir. Era como se a rotina de urinar no urinol se tornasse um pequeno evento na monotonia opressiva daquele lugar.

Com esforço, me ajeitei na cama e posicionei o urinol. O alívio veio lentamente, e mais uma vez encheu o recipiente. Olhei para a medida: 380 ml. Pelo menos isso eu estava conseguindo fazer direito — encher aquele urinol, como se fosse meu pequeno triunfo em meio ao caos.

Quando terminei, esperei um pouco até a enfermeira retornar e abrir a cortina.

— Pronto? — perguntou ela, ao ver-me segurando o recipiente.

Assenti e entreguei o urinol cheio. Ela o pegou com naturalidade, verificando o conteúdo:

— 380 ml novamente. — murmurou, quase para si mesma.

Em seguida, levou o urinol para esvaziar no banheiro e desapareceu por alguns minutos.

Naquele momento, enquanto olhava para o relógio e esperava que a enfermeira voltasse, um pensamento me assaltou:

"Será que o tempo aqui vai passar algum dia?"

Tudo parecia estático, como se eu estivesse preso em uma realidade suspensa, na qual cada minuto era uma eternidade, e as coisas mais triviais se tornavam marcos de sobrevivência.

13:00

Com quase todo o staff almoçando, a sala de emergência estava envolta em um silêncio peculiar, quebrado apenas pelos sons dos monitores. O ambiente, antes agitado com vozes e movimentações frenéticas, agora parecia mais vazio e pesado, como se o ar estivesse parado.

Aquele bip intermitente e compassado das máquinas era como uma sinfonia desconfortante, marcando o tempo em uma cadência lenta e arrastada. Cada som parecia ecoar dentro de mim, amplificando a sensação de aprisionamento.

A angustiante espera agora era o meu algoz silencioso, me testando a cada minuto. Não havia mais nada que eu pudesse fazer além de esperar: esperar pelo próximo exame, pela próxima atualização, pela próxima visita, ou simplesmente esperar que o tempo passasse.

Os poucos médicos e enfermeiras presentes falavam em murmúrios esparsos, parecendo estar tão distantes quanto o mundo exterior. Cada segundo naquela sala era como uma batalha mental, e a solidão pesava mais que a dor física.

"Preciso aguentar..." Pensei comigo mesmo, tentando agarrar-me a qualquer faísca de esperança que pudesse surgir.

A emergência, que parecia relativamente calma, explodiu em uma nova onda de tensão. Uma paciente começou a discutir com a enfermagem, elevando a voz, visivelmente alterada. Ela estava chorando e gritando, deixando o ambiente ainda mais carregado de nervosismo.

Paciente (aos berros, com a voz embargada):

— Vocês estão me negligenciando! Estou passando mal e ninguém faz nada!

A enfermeira, tentando manter a calma, gesticulava de forma pacífica.

— Por favor, senhora, se acalme. Estamos tentando ajudar... — pedia a enfermeira.

— Acalmar? Como vou me acalmar? Eu sou enfermeira também, sei como isso funciona! Nunca fiz isso com paciente nenhum! Isso é um desrespeito! Vocês me deixaram aqui abandonada! Nenhum médico, nenhuma enfermeira veio me atender direito! — a paciente interrompendo, furiosa

A enfermeira olhou para a médica, que, de longe, acompanhava a situação. Sem perder tempo, a médica se aproximou e deu ordens para um dos enfermeiros.

— Apliquem a medicação prescrita imediatamente. — ordenou a médica calmamente, mas firme.

Ao ouvir isso, a paciente explodiu novamente.

— O quê?! Não vou deixar ninguém injetar nada em mim! Não confio mais em vocês! Vocês estão me negligenciando, e agora querem me dopar?

O enfermeiro, já com o material em mãos, hesitou por um momento, aguardando a orientação da médica.

— Senhora, é importante que a gente aplique essa medicação para o seu bem. — explicou o enfermeiro.

— Não vou deixar! Nem pense em encostar em mim! Eu vou denunciar este hospital! Vou para a imprensa! Vocês estão brincando com a vida das pessoas! — gritou a paciente apontando para ele, indignada.

A médica, com um tom calmo, mas firme, comentou:

— Senhora, ninguém quer lhe fazer mal. Esta medicação é para ajudar você a se estabilizar. Podemos conversar, mas você precisa colaborar. Assim todos nós poderemos cuidar de você.

A paciente balançou a cabeça, em meio a soluços, recusando-se a ouvir.

— Não quero conversa! Quero ser respeitada! Isso aqui é um descaso!

O médico de plantão, que até então observava, se aproximou para tentar intervir, em tom conciliador:

— Senhora, compreendemos sua frustração. Vamos ajudar você da melhor maneira possível, mas precisamos que você confie em nós. A medicação vai aliviar seu desconforto e fazer você se sentir melhor.

— Confiança? Como vou confiar em vocês se já me deixaram aqui jogada tanto tempo? — explodiu a paciente apontando o dedo na cara do médico.

A tensão no ar era palpável. O enfermeiro e a médica trocaram olhares, e ficou claro que a situação poderia sair ainda mais de controle. A paciente estava à beira de um colapso emocional.

— Podemos chamar alguém da sua família? Alguém em quem você confie para conversar conosco? — argumentou a médica em tom calmo.

— Quero minha irmã. Só quero ir embora daqui! — respondeu a paciente, soluçando, mas ainda exaltada.

A médica assentiu e fez um sinal para que uma enfermeira tentasse entrar em contato com a família. Por um instante, o ambiente ficou mais calmo, mas a situação estava longe de ser resolvida. Todos ali sabiam que mais uma crise poderia explodir a qualquer momento se algo não fosse feito com rapidez e cuidado.

Depois de tanto tumulto, a paciente, exausta, voltou para a cama. Ainda chorava, mas parecia ter entendido que suas reclamações não iam alcançar ninguém capaz de mudar algo verdadeiramente. Era como se a luta dela tivesse sido em vão. O sentimento de impotência estava estampado em seu rosto.

Eu observava tudo em silêncio, mas, por dentro, me sentia tenso. Nunca gostei de discussões, muito menos em um hospital, onde as pessoas estão em momentos frágeis e vulneráveis. E eu entendia aquela mulher perfeitamente. Em vários momentos, eu mesmo havia experimentado a solidão que ela agora expressava em voz alta.

Por mais que os profissionais de saúde estivessem ocupados, cada um com seus afazeres, a realidade é que a sensação de abandono pesava sobre nós, pacientes. A verdade é que eu também pensava, vez ou outra:

"Por que eles não vêm até nós de hora em hora, perguntar se precisamos de algo? Por que é sempre o paciente que precisa chamar a atenção para ser ouvido?"

Ficar preso naquela cama, sem controle sobre o tempo ou sobre o próprio corpo, só fazia essa solidão se agravar. Ter que chamar alguém sempre era frustrante e humilhante, como se cada pedido fosse um favor, e não parte do cuidado que se espera. A paciente gritara o que eu estava sentindo por dentro: uma vontade de ser visto e ouvido, de não ter que lutar sozinho por atenção.

Enquanto o silêncio retornava lentamente à emergência, eu olhei para os médicos e enfermeiros ao meu redor, cada um ocupado em suas tarefas. Percebi que, mesmo rodeado de pessoas, me sentia completamente só.

O tempo estava ancorado, imóvel, como um navio preso em águas rasas. A sensação era insuportável. Eu tinha certeza de que já havia ultrapassado as 14h00, mas, ao olhar para o relógio, percebi o golpe cruel da realidade: ainda eram 13h41. Meu Deus, que desespero!

Eu tentava encontrar uma posição confortável, mas meus braços estavam cansados por ficarem esticados tanto tempo. A mão direita continuava presa ao sensor de oxigenação no dedo, uma pequena pinça fria que parecia grudar na pele como uma prisão. Além disso, fios entrelaçados cruzavam meu corpo para medir os batimentos cardíacos, e o aparelho de pressão no meu braço inflava com precisão irritante a cada cinco minutos, apertando e soltando, como um lembrete constante de que eu não podia relaxar.

“Como descansar assim?” – pensei, exausto. Não havia trégua.

Meu corpo e minha mente estavam presos em um ciclo de inquietação e desconforto, como se o próprio conceito de descanso fosse um luxo inatingível naquele lugar. A cada vez que o aparelho inflava, meu braço doía um pouco mais, e os fios dos monitores, que me envolviam como teias invisíveis, não me permitiam qualquer liberdade de movimento.

A frustração crescia dentro de mim. Eu queria fechar os olhos e descansar, nem que fosse por alguns minutos, mas os barulhos, os fios e a tensão no ar não permitiam. Era como estar preso em um limbo, onde nem o corpo nem a mente podiam se desligar. Cada minuto naquela cama parecia um castigo interminável.

Eu precisava encontrar alguma forma de sobreviver àquelas horas arrastadas, mas, por ora, tudo o que podia fazer era respirar fundo e esperar, esperando que o tempo — esse inimigo implacável — enfim começasse a navegar.

De repente, o silêncio frágil da emergência foi interrompido por uma tosse violenta que explodiu do leito ao lado do meu. O senhor idoso tossia de forma descontrolada, como se estivesse engasgado ou lutando para respirar. O médico, que estava sentado, saltou da cadeira e correu para o leito dele, visivelmente preocupado.

— O que aconteceu? Com o que o senhor se engasgou? — perguntou o médico, tentando obter alguma resposta.

Mas o paciente não conseguia responder, ofegante e sufocado pela tosse. A situação parecia fora de controle. Cada segundo que passava aumentava minha tensão. Observava com angústia, pensando comigo:

"Por que não o entubam logo? Isso não parece nada bom."

O médico correu até os enfermeiros que estavam próximos e pediu com urgência:

— Preciso de algo agora para acalmá-lo!

Segundos depois, o senhor parou de tossir repentinamente, como se uma mágica tivesse acontecido. O alívio foi imediato, mas o silêncio súbito também me deixou inquieto. Algo no meu íntimo me dizia que a situação ainda era delicada. O que teriam dado a ele para que parasse tão rapidamente?

A cortina entre nossos leitos foi fechada, impedindo-me de enxergar o que acontecia ao lado. Apenas escutava os passos rápidos e os murmúrios abafados dos profissionais que o atendiam.

Enquanto tentava acalmar meus próprios pensamentos, comecei a notar movimento na sala. Os enfermeiros e médicos que tinham saído para almoçar começaram a voltar gradualmente, ocupando seus postos. O ambiente, antes um pouco mais calmo, voltou ao ritmo frenético habitual.

Olhei para o relógio que, agora, finalmente começava a se aproximar das 14h00. A chegada do restante da equipe significava que mais uma etapa daquele plantão interminável estava se reiniciando, e a sensação de estar preso em um ciclo de desconforto e espera se renovava.

14:00

Finalmente, os sintomas de dormência estavam bem mais leves, e meus sentidos alinhados, apesar do cansaço evidente. Com um pouco mais de clareza, chamei o enfermeiro e pedi:

— Pode trazer o urinol de novo, por favor?

Ele trouxe o recipiente e, como de costume, fechou a cortina ao meu redor para me dar privacidade. Minutos depois, voltou para buscar o urinol e conferiu o volume.

— 410 ml, certinho. — disse ele, anotando o valor em algum lugar.

— Será que você pode abaixar um pouco o encosto da cama? — pedi em seguida. — Quero tentar descansar um pouco.

O enfermeiro fez isso com cuidado, e eu continuei:

— E dá para arrumar o lençol e o cobertor? Estão um emaranhado e não consigo me ajeitar direito.

Ele sorriu pacientemente e, com habilidade, arrumou a cama, alisando o lençol e ajustando o cobertor. Aquele pequeno gesto trouxe um inesperado alívio.

Enquanto ele ajeitava tudo, acrescentei:

— Pode abrir a cortina, por favor? Me sinto sufocado aqui dentro.

O enfermeiro não hesitou e abriu a cortina, permitindo que eu visse o ambiente ao meu redor.

A sensação de estar preso entre aquelas cortinas era sufocante, e ao ver tudo à minha volta, percebi que estava, de certa forma, aprisionado dentro de mim mesmo. Nunca fui claustrofóbico, mas aquela sensação de estar cercado e isolado era inquietante. Subitamente, lembrei do momento em que tentei fazer uma tomografia de cabeça e pescoço há alguns meses. Não consegui completar o exame porque me senti sufocado pela grade que segurava a cabeça.

Aquela memória me fez perceber que, talvez, o que eu estava sentindo agora era semelhante: um tipo de sufocamento mental por não ter controle sobre a situação, por estar preso à cama, ao soro, aos monitores e ao tempo que insistia em se arrastar.

Fechei os olhos e tentei descansar, mas o caos ao meu redor não me permitia desligar. Os barulhos dos monitores, as vozes apressadas e os passos frenéticos faziam qualquer momento de paz parecer impossível.

De repente, um urro violento ecoou pela emergência. Até o senhor em coma estremeceu. O grito vinha da sala ao lado, e logo deduzi que era o rapaz desacordado que havia chegado na ambulância do SAMU. O ambiente se encheu de uma correria ainda mais intensa, com enfermeiros e médicos passando apressados, carregando equipamentos e medicamentos.

Observei o médico-chefe, sentado em sua cadeira, olhando o celular. Parecia estar pesquisando algo, completamente alheio ao frenesi ao seu redor. "Ele tem cara de nerd," pensei, tentando encontrar algum humor naquela situação surreal. Talvez estivesse, de fato, estudando o meu caso, ainda pesquisando a dosagem correta de cálcio para minha reposição.

Então, uma médica entrou na sala, caminhando diretamente até ele. Pela postura e pelo modo como conversaram, ela parecia ser a chefe de toda a emergência. O médico-chefe levantou-se e a acompanhou até a sala ao lado, onde o paciente recém-chegado estava. A intensidade na sala aumentava. Os sons das vozes e dos passos eram cada vez mais rápidos e aflitivos.

De repente, alguém gritou:

— Peguem o desfibrilador, já!

Fiquei paralisado. O pedido veio do leito à minha frente, onde estava o senhor em coma. Mas, para minha surpresa, um enfermeiro rapidamente pegou o aparelho e o levou para a sala ao lado.

Então, tudo mudou. Um enfermeiro fechou a cortina ao redor do meu leito, deixando-me isolado em um espaço branco e abafado. Perdi completamente a visão do que acontecia. Sobraram apenas os sons, amplificados na minha mente como um pesadelo.

O desfibrilador começou a emitir instruções verbais para a equipe médica. Eu nunca havia ouvido um aparelho como aquele antes — só conhecia as cenas de filmes, onde o médico grita "Afasta!" e, em seguida, aplica o choque. Mas este aparelho orientava cada etapa da ressuscitação, indicando a posição dos eletrodos, avisando se a desfibrilação deveria ser realizada e quando iniciar as compressões cardíacas.

O tempo parecia parar, e eu não tinha como saber quanto se passava, preso na minha cela branca de cortinas. Apenas os sons frenéticos e coordenados da equipe chegavam até mim. Massagens cardíacas, choques, instruções repetitivas — tudo parecia uma sequência interminável.

Então ouvi uma voz que me gelou por completo:

— Ele não vai se safar.

Meu coração disparou. A angústia tomou conta de mim. Fechei os olhos com força e comecei a orar desesperadamente:

— Meu Deus, salve essa pessoa. Não deixe que ela morra.

Não queria testemunhar a morte de alguém tão perto de mim. Já bastava ter um paciente em coma à minha frente e outro lutando para respirar ao meu lado. A tensão apertava meu peito e o dreno no pescoço parecia sufocar ainda mais. Minha mente girava, e a falta de voz me impedia de chamar por alguém. Tentava, mas minha voz não passava de um sussurro. Ninguém me ouvia, ninguém vinha.

Por fim, ouvi a máquina do desfibrilador silenciar. Depois de um longo e desesperador esforço, o rapaz não resistiu. Ele morreu, apesar de tudo o que a equipe fez. Devem ter passado mais de 30 minutos na tentativa de salvá-lo. Rezei mais uma vez, agora pela alma dele, sentindo o peso daquele momento esmagar meu espírito.

Era como estar dentro de um episódio de "E.R." (Plantão Médico), mas ao vivo, sem corte para comerciais. Massagens, choques, gritos e silêncio final — tudo isso era real.

As vozes na sala começaram a diminuir. O frenesi de antes deu lugar a um silêncio tenso e resignado, um luto tácito que pairava sobre a equipe. Meu coração batia rápido no pescoço, cada pulsação amplificada pelo dreno que me incomodava mais a cada momento. Era como se meu próprio corpo estivesse implorando por alívio.

Eu estava exausto, mas não conseguia parar de pensar: ninguém mais podia morrer ali, não enquanto eu estivesse presente.

15:00

Um enfermeiro entrou na minha baia, ainda mantendo as cortinas fechadas, isolando-me mais uma vez. Ele trazia o material para coletar sangue, e o barulho das luvas e tubos sendo organizados me fez involuntariamente encolher.

— Você pode abrir as cortinas, por favor? — pedi, com a voz baixa e sussurrante. — Estou me sentindo mal, sufocado aqui dentro.

Ele não respondeu e continuou focado em caçar mais uma veia em minha mão, como se eu não tivesse dito nada. Dessa vez, tentou na mão esquerda.

Senti a agulha perfurar a pele novamente, e mais uma picada se somou à lista de desconfortos que meu corpo colecionava. Fechei os olhos por um momento, tentando ignorar a dor, enquanto ele enchia os tubos de ensaio com meu sangue.

Olhei para o enfermeiro, tentando ler sua expressão e postura. Parecia mecanizado, como se estivesse seguindo um protocolo rígido, imune a qualquer pedido emocional. Havia uma certa frieza prática em seus movimentos — não necessariamente por maldade, mas como alguém que já estava cansado e insensível à rotina da emergência. Talvez nem fosse pessoal, mas para mim, aquele isolamento forçado era insuportável.

— Por favor, só abra a cortina. — tentei mais uma vez, agora colocando um pouco mais de súplica na voz.

Ele parou por um breve segundo, como se tivesse percebido meu pedido, mas logo voltou a concentrar-se na coleta. O estalo da tampa dos tubos e o som da agulha sendo descartada marcaram o fim do procedimento. Ele me olhou rapidamente, ainda sem dizer nada, e se preparava para sair da baia.

Eu precisava tentar de novo. O desconforto em meu peito era quase tão insuportável quanto a dormência que havia sentido mais cedo. Respirei fundo e insisti:

— Por favor... eu realmente estou mal. Abra a cortina para mim.

O enfermeiro, impassível, fechou a maleta com os equipamentos. Olhou para mim de soslaio, mas não disse uma palavra e deixou a baia exatamente como estava: cercada pelas cortinas brancas, me deixando preso naquele vazio sufocante.

Enquanto ele saía, senti uma onda de angústia e solidão se intensificar. As cortinas brancas ao meu redor pareciam paredes opressoras, e o ar, de alguma forma, mais pesado. Não havia como escapar daquele momento.

Milagrosamente, ele entrou para verificar as bombas dos soros. Eu precisava tentar uma abordagem diferente. A sensação de sufocamento estava me consumindo. Olhei para o enfermeiro, que estava concentrado e respirei fundo. Manter a calma seria essencial para convencê-lo.

— Amigo, sei que você está apenas fazendo seu trabalho. Não quero atrapalhar, de verdade. — comecei, com um tom sussurrante e gentil, mas firme. Captei sua atenção por um instante. — Mas você poderia abrir a cortina? Estou me sentindo mal, como se estivesse preso aqui.

O enfermeiro continuou trabalhando sem levantar o olhar, mas percebi que ele não estava completamente indiferente. Havia uma pausa sutil nos movimentos dele, como se tivesse ouvido e considerado.

Aproveitei esse momento e continuei:

— Não sou claustrofóbico, mas essa sensação aqui dentro... — gesticulei em volta, indicando as cortinas fechadas. — me faz sentir isolado, como se estivesse sufocando. Ver as pessoas lá fora, me ajuda a me acalmar. Por favor, abrir a cortina não vai atrapalhar ninguém.

Ele parou por um instante e me lançou um olhar rápido, quase indeciso.

— Eu sei que o ambiente é cheio de protocolos e você tem ordens para manter tudo sob controle, — acrescentei, com um sorriso leve e tentando mostrar empatia. — Mas um simples gesto pode fazer toda a diferença para alguém que está tentando se manter bem aqui. Você entende, não é?

O enfermeiro soltou um suspiro breve, e eu sabia que estava quebrando a barreira. Ele olhou o meu monitor e continuei:

— Estou colaborando com tudo, não dei trabalho. Só preciso desse pequeno favor. — falei suavemente, olhando-o nos olhos com confiança e gratidão antecipada.

Ele hesitou por mais um segundo, mas finalmente caminhou até a cortina.

— Tudo bem. — disse, sem grande cerimônia, mas com um tom menos impessoal. Ele puxou a cortina, deixando-a aberta e permitindo que a luz e a visão do ambiente voltassem a mim.

Senti o ar mudar instantaneamente, como se pudesse finalmente respirar de novo.

— Muito obrigado. De verdade. — falei, com sinceridade.

Ele assentiu com um breve sorriso e, antes de sair, comentou:

— Qualquer coisa, é só chamar.

Eu acenei em silêncio, aliviado. Aquele pequeno gesto foi como uma vitória no meio de uma longa batalha mental.

Com a cortina finalmente aberta, senti o ambiente ao meu redor respirar comigo, como se a leveza de poder enxergar o movimento da sala me devolvesse uma parte do controle perdido. O ar parecia mais fluido, e minha mente, embora ainda exausta, encontrou um pouco de alívio.

Por fim, olhei para o relógio na parede à frente, certo de que já haviam passado das 16h30. Mas não. O relógio marcava 15h56.

Senti uma onda de frustração e cansaço mental.

— Meu Deus, como pode? — pensei, incrédulo. O tempo parecia brincar comigo, como um inimigo invisível, sempre mais lento do que eu imaginava.

Cada minuto esticado, cada segundo um desafio. Ali, na cama, preso ao soro, monitorado, com o corpo dolorido, eu percebia como a espera pode ser uma tortura silenciosa. Cada expectativa, por menor que fosse, era frustrada pelo relógio implacável.

16:00

A pressão na minha bexiga estava insuportável novamente, e eu já ia pedir o papagaio quando, de repente, a porta interna da emergência se abriu e entrou um senhor deitado em uma maca, berrando de dor. A equipe rapidamente colocou-o no leito à minha direita e, em um gesto automático, fecharam a cortina entre nós, isolando-o do restante da sala.

Eu só podia ouvir o que acontecia atrás da cortina. A voz do médico estava calma, mas carregada de urgência.

— O que o senhor está sentindo? — perguntou ele, tentando obter alguma informação útil.

O paciente não conseguia falar, apenas gritava de dor, como se estivesse sendo consumido por um sofrimento que não cabia em palavras.

— Onde está doendo? Aqui? — ouvi o médico insistir, a voz mais próxima agora, como se estivesse apertando ou tocando alguma parte do corpo do paciente para identificar a origem da dor.

O homem grunhia e gritava, e o som reverberava pela sala, fazendo minha tensão aumentar. Era como se cada grito dele ampliasse a pressão que eu já sentia, não só na bexiga, mas em todo o meu corpo. O ambiente já pesado ficou ainda mais denso.

Ouvir a dor de alguém sem poder ver ou ajudar era desesperador. Eu me mexia na cama, inquieto, tentando controlar o desconforto crescente. O dreno no pescoço incomodava mais uma vez, e o som abafado dos gritos atrás da cortina intensificava minha ansiedade.

Meu coração disparou com a sequência de eventos que se desenrolava no leito ao lado. O médico perguntou novamente ao paciente:

— É no quadril?

Em resposta, um grande urro ecoou pela sala, e eu senti meu peito apertar com mais uma onda de ansiedade. Cada grito parecia ressoar dentro de mim, amplificando o desconforto que já era insuportável.

Logo ouvi o médico residente dar novas ordens:

— Chame o cardiologista no pronto-socorro enquanto solicito um raio-x.

Não demorou mais de cinco minutos e a técnica de radiologia entrou na sala, empurrando seu aparelho portátil de Raios-X. O movimento ao redor do paciente intensificou-se enquanto a equipe posicionava a chapa debaixo dele, causando gritos ainda mais altos. A dor do senhor era visceral, e cada vez que mexiam nele, os urros cortavam o ar.

A técnica pediu a todos que se afastassem para a realização do exame, e meu pensamento imediato foi:

"E eu? Onde está a cobertura de chumbo para mim?"

Estava no leito ao lado, desprotegido e com certeza exposto à radiação mais uma vez. Já era a segunda vez que me expunham assim, e minha preocupação crescia. Será que alguém se dava conta disso?

Mais um movimento no paciente provocou outro grito de dor, e logo em seguida a técnica saiu com o Raios-X móvel, enquanto a equipe tentava confortar o senhor.

Pouco depois, o ortopedista chegou e começou a falar com o paciente:

— Como o senhor machucou?

O paciente tentava responder, mas entre a dor e os gritos, eu não conseguia entender direito. Só uma frase clara se destacou no meio da confusão:

— Então o senhor caiu da escada? — perguntou o médico.

— Sim. — respondeu o idoso, em meio a suspiros de dor.

Eu não pude deixar de pensar:

— O que um homem de uns 80 anos estava fazendo em cima de uma escada?

O ortopedista prosseguiu, calmamente:

— Acredito que o senhor tenha deslocado a bacia. Vamos confirmar com o raio-x. Enquanto isso, vamos aplicar um anti-inflamatório e um analgésico para aliviar a dor.

A prescrição foi feita rapidamente e o enfermeiro já se preparava para aplicar a medicação sem necessidade de acesso venoso.

Então, às 16h17, a técnica de radiologia ligou avisando que o raio-x estava disponível no sistema. O ortopedista foi direto ao computador e acessou a ficha do paciente, acompanhado de um residente que vinha observando o caso desde a chegada do idoso.

O ortopedista confirmou o diagnóstico:

— É um deslocamento do quadril. Felizmente, não precisaremos de cirurgia. Vamos fazer uma manobra aqui mesmo para colocá-lo de volta no lugar.

Meu coração acelerou ainda mais. A ideia de ver — ou melhor, ouvir — essa manobra ao vivo só aumentava minha taquicardia.

Então, os dois médicos pararam em frente ao meu leito para conversar, como se estivessem discutindo um procedimento trivial.

— Você já fez essa manobra antes? — perguntou o ortopedista ao residente.

— Não, nunca fiz. — admitiu o jovem médico, visivelmente curioso.

O ortopedista sorriu, como quem oferece uma oportunidade única:

— Então você vai aprender agora. Vou te mostrar como fazer.

Minha respiração ficou curta. Saber que eu seria testemunha indireta daquela intervenção me deixava ainda mais inquieto. O pensamento da dor que aquele idoso ainda iria passar, somado ao fato de que um residente estava aprendendo em tempo real, fazia meu coração pulsar ainda mais rápido no peito e no pescoço, onde o dreno já incomodava profundamente.

Enquanto me preparava mentalmente para o grande urro que, com certeza, viria da manobra ortopédica, um movimento ao meu lado capturou minha atenção. A maca do senhor com falta de ar, que aguardava transferência para a UTI, começou a ser empurrada em direção à saída.

O carrinho passou bem diante de mim, e por um instante, nossos olhos se encontraram. Senti um calafrio profundo, tão intenso que percorreu minha espinha como um vento gelado. O olhar dele era vazio, como se a alma já tivesse partido, deixando para trás apenas uma presença física. Não sei explicar. Era como se eu tivesse acabado de encarar a morte em silêncio.

Aquele olhar sem vida me afetou profundamente, e sem hesitar, comecei a rezar um Pai Nosso. Uma oração por ele, uma súplica silenciosa para que, onde quer que ele estivesse, encontrasse paz e alívio.

Assim que ele passou pela porta interna, ouvi o ortopedista retomar o foco na manobra:

— Segurem bem os punhos do seu João.

Dois enfermeiros se aproximaram e imobilizaram o paciente com firmeza, enquanto o ortopedista explicava a manobra ao residente, com paciência didática:

— Observe bem o movimento. Vamos alinhar o quadril e encaixá-lo de volta. A chave é manter a pressão constante.

Eu prendia a respiração, aguardando o momento inevitável. Estava tenso, sabendo que a dor para o paciente seria imensa.

Então o ortopedista falou:

— Aguenta firme, seu João!

O urro que veio foi colossal, selvagem como um leão ferido, e ressoou por toda a sala, fazendo até a cortina entre nossos leitos se abrir. A imagem do homem se contorcendo na maca, suado e trêmulo, ficou gravada na minha mente.

— Pronto! Está no lugar. — disse o ortopedista com satisfação, enquanto o paciente ofegava, exausto, mas aparentemente aliviado. Era como se a dor tivesse dado espaço para o alívio imediato. A tensão que preenchia o ambiente começou a dissipar-se, e os médicos trocaram olhares satisfeitos.

— Chame novamente o raio-x. — instruiu o ortopedista.

Ele então perguntou ao paciente:

— Consegue mexer a perna agora?

Com esforço, o senhor João mexeu a perna que, antes, estava dobrada e rígida, incapaz de se movimentar. Um murmúrio de satisfação percorreu a equipe.

Uns oito minutos depois, a técnica de radiologia retornou com seu equipamento portátil. Ela rapidamente preparou tudo para tirar mais uma chapa, confirmando que o quadril estava corretamente posicionado.

Desta vez, não houve gritos de dor, apenas alguns gemidos enquanto movimentavam o paciente. No entanto, uma questão continuava a me incomodar profundamente: mais uma vez, fiquei exposto à radiação, sem qualquer proteção ou preocupação com minha segurança.

"E eu?" — pensei, inquieto. "Será que ninguém vai me proteger dessa radiação?"

Observei em silêncio, sem forças para reclamar. A rotina na emergência era implacável, e parecia que minha presença ali era invisível. Mais uma vez, me senti como um espectador de um filme, preso à tela, sem poder interagir ou mudar o curso dos acontecimentos.

Com a bexiga pronta para explodir, decidi não passar pela humilhação de trocar a fralda novamente. Assim que vi o enfermeiro passar, pedi:

— Por favor, você pode me trazer o urinol?

Ele me atendeu prontamente, entregando o recipiente e, como sempre, fechando as cortinas ao meu redor para garantir minha privacidade. Alívio imediato. Aquela sensação de finalmente esvaziar a bexiga foi quase reconfortante.

O enfermeiro voltou rápido dessa vez, pegando o urinol e, como de costume, checando o volume. Ele abriu a cortina frontal, devolvendo um pouco da minha visão do ambiente, e eu aproveitei:

— Pode me deixar mais sentado, por favor?

Ele ajustou o encosto da cama para que eu ficasse mais ereto. Assim que terminei de me ajeitar, o Doutor Maurício apareceu para verificar minhas dosagens. Ele consultou rapidamente a bomba de soro e, com um leve sorriso, comentou:

— Falta pouco. Estamos quase lá.

Finalmente uma boa notícia. Ele se voltou para mim e perguntou:

— Como você está se sentindo?

Eu, com um pouco mais de confiança, respondi:

— Fisicamente estou bem. Não sinto mais a dormência.

Doutor Maurício pareceu satisfeito e decidiu realizar os testes neurológicos novamente.

— Vamos conferir.

Primeiro, ele fez o Sinal de Chvostek, pressionando o nervo facial na lateral do meu rosto. Dessa vez, não houve reação — nenhum espasmo. Ele então passou para o Sinal de Trousseau. Pegou o aparelho de pressão, envolveu meu braço e, com um leve sorriso, comentou:

— Vou deixar inflado por três minutos.

O manguito apertou meu braço, e o desconforto foi imediato. Ao contrário de uma medição normal, o aparelho permaneceu inflado e apertado, sem esvaziar.

Doutor Maurício, sem cerimônia, saiu de perto e foi para o computador, deixando-me sozinho com aquela pressão excruciante no braço.

Olhei para o relógio, controlando os minutos como se cada segundo fosse um século.

"Nossa, isso dói..." — pensei, enquanto o braço começava a ficar roxo de tão apertado.

60 segundos:

A dor aumentava, e minha mão não se contorcia, o que interpretei como um bom sinal. Nas vezes anteriores, minha mão se contorceu quase imediatamente. Desta vez, nada.

120 segundos:

— Não vou aguentar... — sussurrei para mim mesmo. O braço latejava e o aperto parecia se intensificar a cada segundo. Olhei para o Doutor Maurício e o vi concentrado no computador, completamente alheio ao meu sofrimento.

150 segundos:

Eu tentava chamar o médico, mas minha voz ainda estava fraca e rouca devido à cirurgia. Sussurros não eram suficientes para que ele me ouvisse no meio do caos da emergência.

180 segundos:

O tempo finalmente passou, mas Doutor Maurício não voltou. A dor era insuportável, e a sensação de desespero crescia. Tentei mexer o braço, mas o aperto me deixava imóvel.

Por sorte, uma enfermeira passou por perto e notou meu desconforto.

— O que foi? — perguntou ela, inclinando-se para me ouvir.

— Por favor... tira pra mim. — implorei em um sussurro.

Ela rapidamente esvaziou o manguito e soltou meu braço, exclamando:

— Nossa, olha como isso marcou o seu braço! Quem deixou assim?

Eu respondi, ainda ofegante:

— Foi o Doutor Maurício.

A enfermeira caminhou direto até Doutor Maurício e, em um tom sério, informou-o do ocorrido. Ele virou-se do computador, caminhando de volta até mim.

— Não era para ter tirado ainda. Faltava um minuto. — disse, visivelmente contrariado.

Balancei a cabeça negativamente.

— Eu não ia aguentar mais. Já esperei mais de três minutos, e meu braço estava doendo demais — expliquei com dificuldade.

Doutor Maurício observou meu braço roxo e então inspecionou minha mão.

— Bom, pelo menos não houve espasmo. Isso é um bom sinal. — disse ele, um pouco mais relaxado.

Ele se aproximou mais uma vez e perguntou:

— Você ainda sente alguma dormência?

— Não. Está tudo normal agora. — respondi, aliviado por finalmente poder afirmar isso.

Doutor Maurício deu um leve sorriso e olhou para o relógio:

— Quase 17h. Estamos terminando, logo você sairá daqui.

Eu suspirei profundamente, sabendo que, apesar do desconforto e da dor, o fim daquela torturante estada na emergência estava finalmente se aproximando.

Aproveitei o momento e perguntei ao Doutor Maurício:

— Doutor, já que estou me sentindo bem, será que posso ir para casa ou, pelo menos, para o quarto?

Ele fez uma pausa breve e, com a voz serena, mas firme, respondeu:

— Provavelmente você vai continuar aqui, na emergência.

Senti meu peito apertar e perguntei, tentando entender:

— Mas por quê? Se estou bem agora, não poderia sair?

Doutor Maurício cruzou os braços e explicou com calma:

— Embora você esteja se sentindo melhor, sua pressão arterial ainda está muito alta.

Suspirei, sentindo o peso de mais uma frustração.

— Mas estar aqui me deixa assim. — confessei. — Eu sou uma pessoa ansiosa, doutor. Ver as pessoas sofrendo ao meu redor me afeta muito.

Doutor Maurício assentiu com empatia, mas manteve sua posição:

— Eu entendo. Realmente não é fácil estar em um ambiente como este. Mas o melhor para você é continuar aqui até amanhã, só por precaução. Queremos garantir que tudo fique estável antes de liberar você.

Aquelas palavras foram como um golpe invisível. Era como se meu mundo tivesse desmoronado em um instante. Toda esperança que eu tinha de sair daquele lugar — mesmo que fosse para um quarto no hospital — se dissipou.

A ideia de passar mais uma noite ali, preso na emergência, me deixou sem chão. O barulho constante dos monitores, as cortinas brancas que me aprisionavam, a sensação de impotência — tudo parecia esmagar meu espírito.

O que eu mais desejava era estar com minha esposa, mesmo que fosse no hospital, mas não ali. Ali eu não conseguia respirar direito, não conseguia descansar, e cada minuto se arrastava como uma eternidade.

— Eu só queria estar com minha esposa, doutor. — falei, com a voz baixa e cansada. As lágrimas ameaçavam brotar, mas eu lutei para segurá-las.

Doutor Maurício deu um leve suspiro e colocou a mão no meu ombro por um momento, tentando oferecer algum tipo de conforto:

— Vai passar, eu prometo. Isso é só uma precaução.

Mas, para mim, aquele consolo não era suficiente. Tudo o que eu podia fazer era esperar e tentar resistir, mais uma vez, naquele ambiente opressor.

17:00

Eu estava tomado por uma tristeza profunda. Precisava encontrar uma maneira de sair daquele lugar. A sensação de prisão na emergência era sufocante, e a ideia de passar mais uma noite ali era insuportável.

Já havia passado das 17h, mas eu só sabia que ainda era dia graças às imagens da câmera de segurança no monitor. Foi quando vi uma ambulância do SAMU se aproximar da entrada da emergência.

O médico-chefe comentou em voz alta:

— É o paciente com infarto, transferido da UPA.

Doutor Maurício foi até a porta para recepcioná-lo. A equipe do SAMU entrou, e o médico de plantão do SAMU começou a conversar com Doutor Maurício, o médico-chefe e a supervisora geral da emergência. Enquanto isso, os enfermeiros colocaram o paciente no leito 4, que ficava bem na minha frente. O senhor, apesar de assustado, parecia consciente e estável.

Assim que passaram todas as informações para a equipe do hospital, o pessoal do SAMU se despediu e foi embora, deixando o paciente aos cuidados dos três médicos. Doutor Maurício, o médico-chefe e a supervisora se aproximaram do paciente, conversando com ele com calma e empatia. Era visível o medo nos olhos do homem, mas também dava para perceber que ele estava bem, considerando as circunstâncias.

Os três médicos fizeram uma breve avaliação inicial e decidiram realizar um eletrocardiograma. Doutor Maurício o preparou rapidamente, conectando os eletrodos ao corpo do paciente e, logo depois, começou a imprimir o resultado do exame. Com o papel nas mãos, se juntou aos outros dois médicos para discutir o quadro do paciente.

Enquanto isso, no leito à minha frente, o paciente entubado estava sendo preparado para mais uma coleta de sangue. A cena era pesada, como se a própria vida estivesse sendo drenada lentamente dali.

Observei tudo, refletindo em silêncio sobre a brevidade da vida. Em questão de minutos, tudo podia mudar, e ali estávamos nós, presos entre urgências e fragilidades, à mercê da sorte e das habilidades médicas.

Desviei o olhar para o monitor de segurança e vi uma nova ambulância chegando à emergência. Os residentes foram até a porta para receber o paciente.

Desta vez, entraram com uma mulher jovem, talvez uns 22 anos, e a cena foi impactante: ela chorava aos prantos, e seus braços estavam ensanguentados. Não consegui ver o restante do corpo, pois a equipe rapidamente a levou para a sala ao lado.

Ao transferi-la para o leito, ela berrou de dor, um som que cortou o ar e fez meu peito apertar. Ela chorava cada vez mais alto, inconsolável, e o ambiente, já tenso, se encheu de uma angústia palpável.

Eu não conseguia mais ver o que acontecia, apenas ouvir os gemidos e lamentos vindos da outra sala. Era uma dor viva, crua, que ecoava pela emergência e se entranhava na mente de quem escutava.

A ambulância se foi, e quando olhei para o relógio, eram 17h17. O tempo seguia seu curso lento e implacável, enquanto mais e mais histórias de dor se acumulavam ao meu redor.

O ambiente na emergência continuava pesado, com a dor da jovem mulher ainda ecoando pela sala. A sensação de claustrofobia emocional se intensificava, enquanto o tempo parecia desacelerar cada vez mais.

Olhei ao redor, tentando me distrair, mas a cena do paciente recém-chegado com infarto no leito à minha frente, o senhor entubado ainda sendo manipulado, e os gritos da jovem na sala ao lado me sufocavam.

A equipe médica permanecia concentrada. Doutor Maurício e os outros médicos estavam debruçados sobre o eletrocardiograma e os dados clínicos do paciente com infarto, discutindo em tom baixo. De repente, o monitor do paciente entubado emitiu um som diferente — um bip mais agudo e irregular. Um dos enfermeiros se aproximou apressado para conferir o que estava acontecendo.

Minha mente estava à beira do esgotamento. O cansaço, o barulho incessante dos monitores, e a presença constante de vida e morte ao meu redor começavam a afetar meu estado mental. Fechei os olhos por um momento, tentando encontrar algum tipo de paz interior, mas era impossível. Os sons me puxavam de volta.

E então, os gritos da mulher jovem na sala ao lado se intensificaram.

— Não! Por favor, não! Me soltem! — ouvia-se, em meio a choro e desespero. O som da dor e do medo dela era perturbador. Parecia que a dor não era apenas física, mas também emocional.

Senti um nó na garganta. Não consegui evitar pensar que, se eu estivesse em casa com minha esposa, tudo seria diferente. Em vez disso, ali estava eu, preso naquela cama, cercado por tanta dor, tanto sofrimento.

Doutor Maurício voltou ao meu leito, talvez notando minha inquietação.

— Está tudo bem? — perguntou ele, com um olhar atento.

Balancei a cabeça lentamente.

— Difícil dizer que está tudo bem... — respondi com um sorriso cansado. — Esse ambiente é muito pesado, doutor. Eu só queria sair daqui, sabe? Estar com a minha esposa.

Doutor Maurício assentiu, como se compreendesse.

— Eu entendo, — disse ele, com empatia genuína. — Mas estamos monitorando você de perto para garantir que não haja recaída. O estresse é difícil, eu sei, mas estamos quase lá.

Olhei para o relógio novamente: 17h23. Cada minuto parecia uma eternidade, e eu me perguntava quantas horas mais teria que suportar ali.

A movimentação na sala aumentava com a troca de turno da enfermagem, mas minha atenção estava totalmente focada no procedimento que acontecia no leito à minha frente. Doutor Maurício, vestido com roupa cirúrgica, touca e luvas, estava pronto para realizar sua primeira colocação de marcapasso externo temporário.

O médico-chefe e a supervisora estavam logo ao lado, atentos e prontos para orientar e corrigir qualquer passo. Doutor Maurício parecia concentrado, embora eu notasse em seu rosto um leve traço de tensão.

O monitor de ultrassonografia já estava ligado, emitindo leves ecos intermitentes. A mesa com os instrumentos estava preparada, cuidadosamente montada com um campo esterilizado. Não podia acreditar que tudo aquilo estava acontecendo ali mesmo, na emergência.

Pensamentos confusos passaram pela minha mente:

— Vão abrir o peito dele? Como isso é possível sem um anestesista? Será que este ambiente é seguro para um procedimento desses?

Logo ouvi o médico-chefe explicar calmamente ao paciente:

— Fique tranquilo. A colocação do marcapasso temporário é um procedimento simples e rápido. Como o nome diz, ele é temporário. Vai ajudar a regular os batimentos do seu coração até que um cardiologista possa avaliar a situação com calma.

O paciente parecia assustado, mas permanecia cooperativo, apenas assentindo enquanto tentava manter a calma.

— Não será necessária anestesia geral, — prosseguiu o médico-chefe. — Faremos apenas uma anestesia local, no ponto onde faremos uma pequena incisão para introduzir o cateter. Ele levará o eletrodo até o átrio direito do coração para garantir que seus batimentos se mantenham estáveis.

Doutor Maurício deu uma última olhada para o monitor de ultrassom, enquanto um enfermeiro aplicava a anestesia local no paciente. Em minutos, ele iniciou o processo, fazendo a pequena incisão com mãos firmes, mas claramente cautelosas.

Ao mesmo tempo, o fluxo de pessoas na emergência aumentava e diminuía com a troca de turno. Enfermeiros saíam, conversando sobre suas horas de descanso, enquanto outros entravam para assumir seus postos, renovando a dinâmica caótica da sala.

Olhei rapidamente para o relógio. Eram 18h.

O tempo parecia ter ganhado um ritmo ainda mais estranho. Parte de mim queria que ele corresse mais rápido, para que eu pudesse sair daquele lugar, mas outra parte sabia que tudo ali exigia precisão e cuidado, sem espaço para pressa.

Respirei fundo, tentando me acalmar. Amanhã eu sairia dali — pelo menos foi o que disseram. Mas até lá, tudo que eu podia fazer era esperar e observar enquanto a vida e a morte se equilibravam naquele ambiente frenético.

18:00

Eu me ajeitei na cama, observando cada detalhe e tentando ignorar meu próprio desconforto. Era surreal estar ali, assistindo a um procedimento invasivo a metros de distância, no mesmo ambiente em que eu estava sendo monitorado e tratado.

Enquanto Doutor Maurício manipulava o cateter com precisão, orientado pelo ultrassom, o médico-chefe dava instruções claras:

— Isso, mantenha a mão firme.

Enquanto Doutor Maurício se concentrava, tentando estabilizar o eletrodo, o ambiente ao meu redor se transformava com a troca de turno da enfermagem. Novos enfermeiros e técnicas circulavam pela sala, recebendo informações dos casos. Logo, uma nova enfermeira-chefe chegou ao meu leito, parando diante do meu monitor e me perguntando:

— O senhor é hipertenso?

Suspirei e respondi, pela enésima vez:

— Não.

Aproveitei a oportunidade:

— Posso pedir o urinol, por favor?

Ela prontamente me passou o recipiente e fechou a cortina para garantir minha privacidade. Mais um alívio naquele dia interminável. Após alguns minutos, entreguei o urinol para uma nova enfermeira, que fez a leitura com um tom neutro:

— 480 ml desta vez.

Ela abriu as cortinas novamente, devolvendo a visão do ambiente. Pelo menos, desta vez não precisei esperar tanto para ser atendido.

Enquanto isso, a jovem mulher ensanguentada que havia chegado mais cedo não dava mais sinais. Ela não gritava nem chorava mais. A dúvida me perturbava:

— Será que a retiraram? Doparam? Ou, pior, ela morreu?

Ninguém parecia falar sobre o que havia acontecido, e a emergência continuava no mesmo ritmo acelerado.

Cada nova enfermeira que assumia seu posto passava pelo meu leito para se apresentar, o que foi um gesto reconfortante no meio daquela confusão. Mas então, um novo problema surgiu:

Minhas bombas de soro começaram a apitar insistentemente, um som irritante que ecoava pela sala e se misturava ao caos. Eu observei, impaciente, enquanto 10 minutos inteiros se passavam até que alguém viesse verificar.

Finalmente, uma médica se aproximou para resolver a situação.

— O que aconteceu? — perguntei, curioso.

Ela sorriu levemente, enquanto ajustava a bomba:

— A dosagem acabou. Mas está tudo bem.

— Será que eu poderia ir para o quarto ou, quem sabe, para casa? — perguntei, ansioso por qualquer sinal de esperança.

A médica olhou para o monitor e, depois de uma breve reflexão, respondeu:

— Acho que sim. Talvez te mandem para a enfermaria.

Aquelas palavras me deram um novo ânimo. A possibilidade de sair da emergência, mesmo que apenas para a enfermaria, era um pequeno alívio para minha mente cansada. Senti uma faísca de esperança se acender dentro de mim.

Com isso em mente, voltei minha atenção para o procedimento do marcapasso, que ainda estava em andamento. Doutor Maurício, com a supervisão atenta dos dois médicos, continuava tentando posicionar o eletrodo corretamente.

O processo de colocação do marcapasso avançava, mas Doutor Maurício encontrava dificuldades em posicionar o eletrodo corretamente no átrio direito do coração. A cada tentativa, o médico-chefe e a supervisora o orientavam:

— Mantenha a calma, Doutor Maurício. Mais um pouco e você acerta. Ajuste a mão e vá pelo monitor.

A tensão no ar era perceptível. Cada movimento contava e, mesmo sem ver completamente o que acontecia, eu sabia que aquele momento era decisivo. O tempo parecia se arrastar, mas agora, pela primeira vez em horas, eu tinha uma expectativa concreta de sair dali.

19:00

A troca de médicos começou pontualmente às 19h, trazendo uma nova equipe para a emergência. A única exceção foi para Doutor Maurício, a supervisora e o médico-chefe, que ainda estavam concentrados na delicada inserção do marcapasso. A aventura médica continuava, mas eu já notava o cansaço estampado no rosto de Doutor Maurício.

A médica do plantão diurno foi apresentando os casos aos novos médicos, passando revista em cada leito. Quando chegaram ao meu, ela fez um breve relato do meu quadro:

— Esse paciente passou por uma tireoidectomia total e está sendo monitorado devido à hipocalcemia sintomática e à pressão arterial elevada. Ele está respondendo bem à reposição de cálcio.

Um dos novos médicos, atento à descrição, me perguntou:

— O senhor é hipertenso?

Eu suspirei profundamente e respondi, com um sorriso cansado:

— Não. Mas, do jeito que as coisas estão indo, acho que vou acabar sendo convertido.

A equipe riu levemente, aliviando por um momento o peso do ambiente. No entanto, minha mente continuava focada em sair dali e ir para o quarto o quanto antes.

Enquanto a apresentação do meu caso continuava, eu observava o leito à minha frente. Uma das novas enfermeiras estava dando um banho no paciente em coma, trocando a fralda e ajustando a roupa de cama com uma habilidade impressionante. Era como um balé meticuloso, onde ela virava o paciente de um lado para outro com uma facilidade incrível, sem causar desconforto.

Em 10 a 15 minutos, o trabalho estava finalizado. O paciente estava limpo, vestido e pronto para ser levado à UTI. A precisão e eficiência daquela enfermeira me impressionaram profundamente — cada movimento parecia planejado para minimizar o tempo e o esforço.

Às 19h19, finalmente, ouvi Doutor Maurício dar por finalizado seu trabalho. A inserção do marcapasso havia sido um sucesso. Seus colegas o cumprimentaram pelo êxito, e a supervisora bateu de leve em seu ombro, com um sorriso satisfeito. Era visível o alívio em seu rosto.

Nesse momento, uma enfermeira se aproximou do meu leito, carregando um pote de canja.

— Quer jantar? — perguntou ela, oferecendo-me o caldo quente.

— Com certeza! — respondi, com entusiasmo. Precisava estar forte. A canja poderia não ser um banquete, mas aquela refeição simples parecia um sinal de esperança.

Peguei o pote e comecei a comer devagar, apreciando cada colherada. Minha mente agora estava focada em um objetivo claro: sair da emergência, ir para o quarto e, finalmente, ver minha esposa.

A nova enfermeira-chefe olhou para a equipe e perguntou:

— Quem quer ir comigo à UTI levar o paciente?

A enfermeira que havia dado banho no senhor respondeu prontamente:

— Eu vou.

Outra enfermeira se juntou a elas, e a equipe conduziu o senhor para a UTI. Minutos depois, retornaram com a maca vazia, e a colocaram de volta no mesmo local. Como parte da rotina, higienizaram rapidamente a cama, deixando-a pronta para um novo paciente. O processo eficiente e metódico era quase hipnotizante, mas eu não conseguia me desligar da minha própria ansiedade.

Voltei minha atenção para Doutor Maurício, que estava sentado diante do computador, preenchendo o que me parecia ser o prontuário do paciente infartado. Enquanto ele digitava, percebi que ele estava cansado e pensativo. Foi então que notei um cateter inserido na artéria do pescoço do paciente que havia chegado infartado e o marcapasso temporário ainda preso ao braço dele.

O paciente olhou para mim, e lágrimas começaram a escorrer por sua face. Com a voz baixa e abatida, ele desabafou:

— Eu tive uma dor no peito e fui para a UPA. Lá, eu já estava melhor, mas acharam melhor me transferir para cá. E agora estou aqui, com um marcapasso, e vão me levar para a UTI. — Ele fez uma pausa, respirando fundo. — Mas por quê? Eu já estava bem...

Eu apenas o ouvi em silêncio, sem saber o que dizer. Sentia sua angústia como se fosse minha. Estávamos ambos aprisionados, cada um à sua maneira — ele, no seu corpo monitorado, e eu, naquele ambiente sufocante.

Olhei para o relógio. A cada minuto que passava, eu ficava mais ansioso para que 20h30 chegasse logo. A ideia de ver minha esposa e, quem sabe, ir para o quarto, era a única esperança que me mantinha lúcido.

Resolvi chamar o novo médico, já que Doutor Maurício estava concentrado no prontuário. Ele veio até mim, e com uma expressão tranquila, perguntou:

— O que o senhor precisa?

— Quando eu vou sair para o quarto? — perguntei, tentando esconder minha impaciência.

Ele deu um sorriso compreensivo e respondeu:

— Ainda estamos avaliando. A possibilidade de ir agora é pequena, pois sua pressão continua alta.

Suspirei, sentindo o peso da frustração novamente.

— Mas eu não sou hipertenso, doutor. Minha voz estava calma, mas carregada de exaustão. — Essa pressão é por causa da ansiedade. Ficar aqui, vendo toda essa situação, está me afetando muito.

O médico fez um leve aceno de cabeça, como se entendesse exatamente o que eu queria dizer.

— Compreendo sua situação. Vou conversar com o Doutor Maurício e com a médica-chefe do plantão. Vamos ver o que conseguimos fazer por você.

Assenti, sentindo um fio de esperança acender novamente. Talvez, apenas talvez, havia uma chance de sair daquela emergência naquela noite.

A enfermeira-chefe olhou ao redor, jogando a pergunta no ar:

— Quem vai jantar comigo?

Sem hesitar, as duas enfermeiras que a haviam acompanhado na UTI responderam quase ao mesmo tempo:

— Eu vou!

Elas trocaram olhares cúmplices e começaram a arrumar suas coisas, deixando a emergência por alguns momentos. Duas enfermeiras permaneceram na sala, garantindo que ninguém ficasse desassistido. A dinâmica se ajustava naturalmente, como se todos soubessem exatamente o papel a desempenhar na ausência temporária da chefe e suas colegas.

No ambiente, o movimento diminuía. Com menos profissionais circulando, o ritmo parecia desacelerar, embora o som constante dos monitores não cessasse. O espaço se tornava mais silencioso, mas também mais pesado, com a espera se arrastando ainda mais lentamente.

Olhei novamente para Doutor Maurício, que continuava mergulhado no prontuário, sem demonstrar sinais de cansaço visível, embora estivesse claro que ele já estava exausto. Cada segundo naquele lugar parecia uma eternidade, e meu peito pesava, esperando pela próxima mudança que pudesse finalmente me libertar da emergência.

Eu tentava manter o foco positivo, sabendo que 20h30 estava mais próximo. Apenas mais uma hora. O reencontro com minha esposa era a única coisa que me mantinha forte e firme.

As enfermeiras que ficaram continuaram monitorando os pacientes, ajustando equipamentos e conferindo as bombas de soro, mas o clima estava mais tranquilo — uma espécie de calma antes da próxima tempestade.

O Doutor Maurício começou a se preparar para ir embora. Ao vê-lo se aproximar do meu leito, aproveitei o momento e disse:

— Parabéns pela colocação do marcapasso, doutor. Você fez um ótimo trabalho.

Ele abriu um sorriso cansado, mas sincero e respondeu:

— Muito obrigado. Foi uma experiência intensa.

Então, com um olhar atento, ele perguntou:

— E você, como está se sentindo agora?

Eu, com a esperança renovada por um breve instante, respondi:

— Estou ótimo, doutor. Obrigado por tudo. Acho que já posso ir embora, né?

Aquelas palavras saíram cheias de expectativa, mas o sorriso de Doutor Maurício esmoreceu um pouco, como quem sabia que traria más notícias. Ele balançou a cabeça lentamente e explicou:

— Infelizmente, não. Você só poderá sair amanhã. Precisamos manter a monitorização da pressão por precaução, para garantir que não haja mais instabilidades.

Meu coração afundou. Toda a esperança que eu havia cultivado foi arrancada sem cerimônia. Era como se o peso da emergência tivesse dobrado de repente, me esmagando ainda mais. A espera se tornava insuportável.

Doutor Maurício viu a frustração estampada em meu rosto. Antes de se despedir, ele acrescentou:

— Eu também solicitei mais exames de sangue e passei medicação para mais tarde.

Senti que o mundo havia desabado ao meu redor. A fagulha de esperança de que havia me sustentado foi apagada, e tudo o que restou foi um vazio opressor.

— Boa noite, então. — Doutor Maurício se despediu com um sorriso suave, mas discreto. Ele sabia que não havia muito mais a dizer.

Eu apenas assenti com a cabeça, tentando manter a compostura, mas por dentro estava devastado. Ele deu um último olhar simpático, virou-se e foi embora, deixando-me sozinho com meus pensamentos e mais uma longa noite pela frente.

20:00

A campainha da porta da emergência tocou, e meus olhos se voltaram para o monitor de segurança. Vi um carro de passeio parado na entrada e duas pessoas ao lado de fora. Uma cadeira de rodas foi colocada junto ao passageiro e uma senhora foi cuidadosamente retirada do carro e conduzida para o leito ao meu lado. A cortina foi fechada e minha visão se restringiu novamente.

Ouvi o médico perguntar o que ela sentia, enquanto a enfermeira a conectava aos monitores. No entanto, minha mente estava em outro lugar. Olhava fixamente para o relógio, esperando que 20h30 chegasse logo. Queria ver minha esposa entrar, abraçá-la, sentir seu cheiro e, por um instante, esquecer toda aquela agonia. Era tudo o que eu precisava.

Às 20h15, ouvi as enfermeiras retornarem do jantar, conversando animadamente, como se fosse uma noite qualquer. Naquela normalidade aparente, o ambiente parecia ainda mais opressor para mim.

O senhor com o marcapasso estava à minha frente, e o leito ao lado dele agora estava vazio, após a transferência do paciente anterior para a UTI. Uma das enfermeiras foi até o senhor com o marcapasso e, fechando a cortina, começou a organizá-lo.

— Vou precisar que o senhor tire toda a sua roupa. Aqui não pode ficar vestido. — explicou ela com naturalidade.

Entregou-lhe um saco plástico para colocar suas roupas e objetos pessoais e, como ele precisava urinar, levou-lhe um saco urinário. Após alguns minutos, ela abriu a cortina novamente, e lá estava ele, sem camisa e de fralda, assim como eu.

A enfermeira trouxe um lençol e um cobertor, cobrindo-o com cuidado. O homem parecia abatido, como se toda a esperança tivesse escapado dele. Com uma voz cansada e melancólica, ele perguntou:

— Quando minha esposa vai poder entrar?

A enfermeira respondeu suavemente:

— Às 20h30.

Aquelas palavras foram um bálsamo para mim. Elas confirmaram minha expectativa de ver Isabel em breve, e meu coração se encheu de esperança novamente.

Porém, a campainha da emergência soou mais uma vez, e um novo caos tomou conta do ambiente. A equipe do SAMU entrou apressada, trazendo uma senhora ensanguentada em uma maca. Ela passou diante de mim, e a colocaram no leito que antes pertencia ao senhor entubado.

Imediatamente, dois médicos e três enfermeiras cercaram a paciente, fechando todas as cortinas para trabalharem com mais privacidade. Eu estava novamente enclausurado, isolado no meu pequeno mundo de tecido branco, sem ver nada e sentindo apenas a tensão do que acontecia.

Então, como que de propósito, minha bexiga decidiu se manifestar. O aperto era insuportável, mas eu não tinha voz suficiente para chamar alguém. O barulho do lado de fora era intenso, e as vozes exaltadas deixavam claro que a situação era grave.

Logo, ouvi o som familiar do desfibrilador, e um dos médicos gritou:

— Epinefrina!

Eles estavam tentando salvar a senhora. Eu sentia minha agonia crescer a cada segundo.

"Meu Deus, ajude-a!" — pensei, e comecei a orar fervorosamente, buscando forças em meio ao caos.

Não conseguia ver o relógio, nem o que se passava do lado de fora da cortina. A sensação de claustrofobia emocional aumentava a cada minuto. Apenas o som do desfibrilador e as instruções da equipe médica chegavam até mim.

Enquanto eu rezava, uma voz inesperada irrompeu do leito ao meu lado esquerdo. Era a senhora recém-chegada, que até então estava silenciosa. Ela gritava com desespero:

— Denise! Denise! Venha aqui!

Quem era Denise? Será que era alguém da equipe? Ou alguém que ela queria por perto nos seus últimos momentos? Aquele grito ecoou na minha mente, aumentando minha aflição.

Mais uma vez, a esperança de ver Isabel parecia distante. Como ela entraria no meio desse caos? Nada fazia sentido.

Eu me mexia na cama, inquieto, sentindo minha bexiga prestes a explodir e incapaz de chamar por ajuda. Apenas ouvia os barulhos de agitação do lado de fora. O tumulto, o som dos monitores, e o desfibrilador, que não parava de orientar a equipe, tornavam minha espera angustiante.

Com desespero crescente, tentei falar mais alto, mas minha voz saiu como um pato rouco, inaudível e quase incompreensível. Nem eu mesmo entendi o que disse, mas funcionou. Em meio ao tumulto, uma enfermeira apareceu e se aproximou do meu leito.

— Urinol, por favor, — pedi, aliviado por finalmente conseguir comunicar minha necessidade.

Ela me entregou o recipiente e rapidamente saiu, deixando as cortinas fechadas novamente. Contudo, uma fresta se abriu com a saída dela, revelando parte do que se passava do outro lado: os médicos concentrados em seus computadores, a correria ininterrupta, e os monitores piscando freneticamente.

Era quase hipnotizante assistir àquela dinâmica. O som mecânico do desfibrilador orientava com precisão:

— Continuar a reanimação... Preparar para o choque.

A repetição era constante, um processo exaustivo de tentativas para trazer a senhora de volta. Eu perdia a noção do tempo naquele ritmo, mas tinha certeza de que o processo de reanimação já durava mais de 40 minutos.

Olhei para o relógio, mas meu coração afundou ao perceber que já deveria ter passado a hora da visita. Isabel ainda não havia aparecido, e isso me corroía por dentro.

"Será que não permitiram que ela entrasse? Será que não veio?" — pensava, angustiado.

Tentei afastar essas ideias negativas, lutando contra a ansiedade crescente.

"Claro que ela veio". — pensei, tentando me acalmar. "Ela viria. Ela sempre vem".

Os pensamentos na minha mente rodopiavam como uma tempestade. Os sons dos monitores, a voz robótica do desfibrilador, e o ritmo incessante das tentativas de salvar uma vida martelavam na minha cabeça. Tudo se misturava, e era difícil manter a lucidez naquele caos.

Finalmente, a voz do desfibrilador cessou. O silêncio momentâneo deixou apenas os bips intermitentes dos monitores, como se uma onda de calma tensa tivesse preenchido a sala. Não ouvi mais orientações, e por alguns instantes, tudo ficou estranhamente calmo.

Eu continuei esperando, ansioso por Isabel, apertando o urinol nas mãos como se fosse minha última âncora de sanidade. A esperança era tudo o que eu tinha.

21:00

— Hora da morte: 21h12. — anunciou uma mulher do lado de fora, com uma voz neutra, mas que soou como um golpe para mim.

Gelei por completo. Aquela era a última frase que eu queria ouvir naquele ambiente. Senti o peso da inevitabilidade da morte cair sobre mim como um manto pesado. Em seguida, ouvi passos rápidos, pessoas movendo equipamentos e colocando materiais na bancada, organizando tudo para encerrar a ocorrência. O ritual do fim, seco e metódico, era apenas mais uma parte do processo para eles.

As cortinas se abriram pouco tempo depois, revelando a realidade crua.

Olhei para a frente, e lá estava o senhor com o marcapasso, tão assustado quanto eu. Seus olhos refletiam o medo — o mesmo medo que eu carregava. Nenhum de nós havia sido poupado pela experiência de assistir à luta silenciosa entre vida e morte.

No leito que antes abrigava o senhor entubado, agora estava a senhora ensanguentada, inerte e morta. Uma enfermeira limpava o corpo dela, preparando-a para ser retirada dali. A bravura dos médicos, que lutaram com todas as suas forças para salvá-la, não foi em vão, mesmo que o desfecho fosse o pior possível. Eles haviam feito tudo o que estava ao alcance, resistindo ao cansaço, ao estresse e às probabilidades.

Refleti sobre a coragem deles. Trabalhar com a morte como uma constante, sem perder o foco e a empatia, exigia uma força que eu jamais havia imaginado. Eles lutaram por aquela senhora até o último segundo, como fariam por qualquer um de nós. Era um ato de bravura silenciosa, repetido todos os dias, sem alarde.

Olhei para cima, buscando alguma ordem no caos, e meus olhos encontraram o relógio digital: 21h21. A sequência numérica me fez pausar por um instante, como se o universo me enviasse um sinal misterioso.

"Mais uma combinação cabalística..." — pensei, perdido por um momento em reflexões sobre o tempo e seus significados.

Mas, cadê as visitas? O relógio já havia ultrapassado o horário previsto, e eu continuava preso naquele leito, agora com o urinol cheio ainda em minhas mãos, aguardando uma boa alma que pudesse me ajudar.

A sala aos poucos foi retomando sua rotina, se é que podemos chamar de normalidade um ambiente onde um corpo inerte acabava de ser deixado para trás, como mais um capítulo encerrado. Eu não conhecia aquela senhora, mas sentia uma profunda empatia por ela e por sua família, que certamente carregaria para sempre a saudade de sua presença.

Mais uma vez, fechei os olhos e orei por ela, pedindo que encontrasse paz e luz em sua nova jornada. A sensação de perda era quase palpável, mesmo que fosse a morte de uma estranha.

Um enfermeiro notou o urinol em minhas mãos e se aproximou para pegá-lo.

— 260 ml, — comentou ele, enquanto esvaziava o conteúdo.

Aproveitei para perguntar:

— Quando as visitas vão poder entrar?

Ele fez uma pausa breve e respondeu:

— Por causa da intercorrência com a senhora, a entrada dos parentes vai atrasar um pouco.

Senti meu coração afundar mais uma vez. Toda minha esperança de ver Isabel logo foi substituída por uma espera ainda mais agonizante.

— Agora é só aguardar mesmo. — disse o enfermeiro, com um sorriso solidário, antes de seguir para seu próximo paciente.

Tudo que eu podia fazer agora era esperar, mais uma vez.

O tempo parecia congelado, e eu continuava sem saber quando liberariam as visitas. A enfermeira ainda estava preparando o corpo da senhora que havia falecido, ajustando o leito e limpando os equipamentos ao redor, como se organizar a cena da morte fosse parte do protocolo da vida.

De repente, o técnico de radiologia entrou, empurrando seu enorme aparelho de Raios-X portátil, com suas rodinhas rangendo no piso. Meu coração afundou.

"Não acredito! Mais radiação?" — pensei, enquanto todos se afastavam mais uma vez, deixando-me sozinho e exposto como um boneco de teste radioativo.

Eu suspirei, resignado, tentando encontrar uma dose de humor para suportar a situação.

— Com tanta radiação, meus espermatozoides vão virar esperma-Hulk... — pensei. Seria cômico, se não fosse trágico.

O técnico se posicionou ao lado da senhora no leito esquerdo, pronto para realizar o exame. Eu já não tinha mais forças para reclamar, apenas olhei para o teto e esperei.

A enfermeira-chefe surgiu caminhando pela minha frente, e aproveitei a oportunidade para perguntar:

— Ainda haverá visitas hoje?

Ela parou por um momento e respondeu, com um tom gentil, mas firme:

— Sim, mas só depois que tudo estiver arrumado. As intercorrências são comuns e costumam atrasar ou, às vezes, até cancelar as visitas. Mas, até o momento, vamos liberar em breve.

"Em breve", pensei, um conceito torturante de tempo, sem definição clara. A notícia trouxe algum alívio, mas a incerteza ainda me consumia.

— Só espero que não haja mais intercorrências... — murmurei para mim mesmo, como uma oração silenciosa.

Como se minhas palavras fossem uma provocação ao destino, a campainha da emergência tocou novamente, e mais um carro particular parou na porta.

Dessa vez, um homem de uns 27 a 30 anos entrou, amparado por outra pessoa, com visível dificuldade para caminhar. Ele foi colocado em um leito na sala adjacente, e da minha posição privilegiada, eu conseguia vê-lo através da porta que dividia as salas.

Ele estava sentado na cama, enquanto um médico o auscultava e fazia perguntas. Não conseguia ouvir o que falavam, mas torcia para que não fosse mais uma intercorrência.

De repente, o rapaz começou a vomitar violentamente.

— Uma, duas, três vezes.

A sala entrou em alvoroço novamente.

"É mais uma intercorrência, com certeza..." — pensei, já entregue à rotina caótica daquele lugar.

Vi o senhor com o marcapasso, que também tentava acompanhar o que acontecia, mas sua visão limitada não lhe dava os mesmos detalhes que eu conseguia observar.

Depois de um tempo, o rapaz parou de vomitar. A faxineira apareceu rapidamente para limpar o chão, enquanto as enfermeiras o limpavam e trocavam suas roupas e a roupa de cama. A eficiência com que trabalhavam era impressionante — mais uma cena que eu jamais imaginei presenciar tão de perto.

Olhei para o relógio novamente: 21h59.

E nada da visitação ser liberada.

O peso da espera continuava a me esmagar. Cada minuto parecia uma eternidade, e o desejo de ver Isabel se tornava quase uma obsessão.

22:00

A ansiedade me consumia enquanto aguardava a visita da minha esposa e a possibilidade dos meus remédios. Quando finalmente a enfermeira-chefe anunciou que a visitação estava liberada, senti um misto de alívio e apreensão. Será que Isabel veio? E se veio, será que trouxe meus remédios?

A porta se abriu, e três pessoas entraram primeiro, dirigindo-se ao leito da senhora falecida. Em seguida, uma senhora foi ao encontro do homem com marcapasso. Mais duas pessoas entraram para visitar a senhora ao meu lado. E, por fim, Isabel apareceu, com a mochila nas costas. Meu coração disparou ao vê-la.

Ela colocou a mochila em cima de um carrinho próximo à porta e veio rapidamente em minha direção. Eu estava sentado na cama há tanto tempo que minha bunda parecia dormente. Tentei abraçá-la, mas meus braços estavam ocupados pelos acessos de soro. Mesmo assim, ela me envolveu com carinho e me deu um beijo leve nos lábios.

— Como você está se sentindo? — perguntou, com o olhar cheio de preocupação.

— Estou bem, mas só quero sair daqui. — respondi, com a voz embargada pela exaustão emocional.

Ela olhou para o leito à minha frente, onde o corpo da senhora falecida ainda estava. Não precisei dizer nada — ela entendeu tudo apenas com o olhar.

Para distrair sua atenção, perguntei:

— Tem alguma novidade?

Ela sorriu, tentando afastar a tensão.

— Muita gente está orando por você e mandando mensagens de apoio.

— E meus remédios? Trouxe? — perguntei, esperançoso.

Ela assentiu e foi até a mochila, voltando rapidamente com os remédios em mãos. Metendo a mão na bolsa, ela encontrou o pote certo e me entregou os comprimidos. Agradeci aliviado e, vendo que uma enfermeira observava de longe, pedi:

— Posso pegar um copo de água?

A enfermeira não se moveu, então Isabel foi buscar a água para mim. Enquanto tomava os remédios, um médico se aproximou e perguntou:

— O que está tomando?

Expliquei:

— A médica-chefe autorizou que eu tomasse meus próprios remédios, já que o hospital não fornece esses aqui.

Ele inspecionou cada comprimido.

— Tem carbonato de cálcio aí? — perguntou, olhando diretamente para Isabel.

Ela vasculhou a mochila e encontrou o pote de carbonato, entregando-o ao médico. Ele tirou dois comprimidos e me orientou:

— Tome esses agora.

Depois, disse:

— Vamos precisar deixar esse pote aqui, porque a farmácia está sem estoque no momento.

Aproveitei a oportunidade e perguntei diretamente:

— Por que eu não posso ir para o quarto agora? Tudo isso poderia ser monitorado lá. Ficar aqui só me deixa mais ansioso.

O médico respondeu, com paciência:

— Sua pressão ainda está alta. Como precaução, queremos monitorar você esta noite. Já passamos um medicamento para baixar a pressão e outro para ajudá-lo a dormir. Se a noite correr bem, você vai para o quarto pela manhã.

Isabel agradeceu, sempre calma e gentil. Quando ele se afastou, virei para ela, segurando sua mão com força.

— Desculpa por você estar passando por tudo isso comigo desde sexta-feira.

Ela me olhou com ternura e respondeu:

— Eu nunca soltarei sua mão. Não fale besteira. Tenho certeza de que você faria o mesmo por mim, como já fez tantas vezes.

Fiquei profundamente emocionado, segurando suas mãos enquanto conversávamos sobre família e trabalho. Foram apenas 15 minutos de encontro, mas o tempo voou. A teoria da relatividade se fez presente, e o relógio se adiantou como um ladrão silencioso.

— Acabou o horário de visita! — anunciou a enfermeira-chefe.

Isabel se inclinou sobre mim e me deu um beijo demorado, traçando o sinal da cruz em minha testa.

— Te vejo amanhã, meu amor. Eu te amo.

E, assim, ela foi embora, deixando meu mundo mais vazio, mas meu coração cheio de esperança.

23:00

Dei entrada naquele hospital há 17 horas. Sem descansar e sem cochilar. Era um longo caminho até ali, mas graças à Medicina e, principalmente, a Deus, eu estava vivo e me recuperando da hipocalcemia e da cirurgia. No entanto, algumas preocupações ainda me rondavam, e resolvi esclarecer com a enfermeira.

Chamei-a quando ela passou pelo meu leito:

— Vocês não vão esvaziar o dreno ou retirá-lo?

Ela olhou rapidamente e respondeu de forma automática:

— Vamos esvaziá-lo assim que encher mais um pouco.

— Mas o dreno está entupido — comentei.

Ela apenas deu uma olhada superficial e disse:

— Vou verificar depois.

Aproveitei e perguntei:

— E o curativo da cirurgia? Ele precisa ser trocado uma vez por dia, mas até agora ninguém fez.

— Também vamos cuidar disso mais tarde. — respondeu, já se afastando, deixando-me frustrado e inquieto.

Enquanto tentava me conformar com a demora, percebi uma agitação começando no leito à minha frente. O senhor com o marcapasso estava sendo preparado para ser levado à UTI.

Os enfermeiros e a equipe médica se movimentavam com precisão, amarrando bombas de soro e o monitor à cama do paciente para que tudo permanecesse funcional durante a transferência. A eficiência deles era notável, mas havia um clima pesado no ar.

Eu observava tudo atentamente, e embora o senhor não dissesse nada, seus olhos pareciam carregados de medo e resignação. Mais uma vez, a fragilidade da vida me golpeava. Quantos de nós entram em um hospital sem saber se sairão?

Naquele momento, minha mente vagava entre minha recuperação, o dreno entupido, e a dúvida sobre quando a dor da cirurgia diminuiria por completo. Estar ali, imóvel, dependendo de tantos fatores externos, era mentalmente exaustivo.

Eu me peguei orando silenciosamente por aquele senhor que estava prestes a ser transferido. Talvez ele, assim como eu, só quisesse sair dali e voltar a viver uma rotina comum, mas sua jornada ainda era longa.

E assim, mais uma vez, eu aguardava — agora com a esperança de que, as intercorrências acabariam e eu conseguisse dormir e só acordar no outro dia, pronto para ir embora dali.

O relógio marcava 23h12 quando uma enfermeira apareceu e me entregou dois comprimidos.

— É carbonato de cálcio. — informou.

Eu franzi o cenho e respondi:

— Mas eu já tomei. Não precisa repetir a dose.

Ela insistiu:

— Pode tomar, não tem problema.

— Prefiro que fale com o médico. — disse, apontando para o médico que estava ali próximo.

A enfermeira foi até ele e confirmou que eu estava certo. Voltou visivelmente constrangida e pediu desculpas. Então, me entregou dois novos comprimidos.

— O que é isso agora? — perguntei.

Ela explicou:

— Um é para a pressão arterial e o outro é para ajudar você a relaxar.

Peguei o copo de água que ela segurava e tomei os remédios. Com a voz tranquila, pedi:

— Pode me dar o urinol, por favor?

Ela prontamente o entregou e fechou a cortina, garantindo minha privacidade. Alguns minutos depois, ela voltou para buscá-lo. Eu pedi:

— Poderia abaixar o encosto da cama para uma posição mais confortável?

Ela ajustou a cama com cuidado, me deixando numa posição mais adequada para descansar. Não ouvi ela mencionar a quantidade de urina, mas já não importava. O cansaço começava a pesar sobre mim.

Logo depois, ouvi a enfermeira-chefe chamando novamente.

— Precisamos levar o senhor para a UTI. Quem pode ajudar?

Duas enfermeiras prontamente responderam e começaram a empurrar a maca do senhor com o marcapasso. Enquanto passavam por mim, sinalizei para ele com um leve aceno, tentando transmitir alguma esperança.

— Vai dar tudo certo. — murmurei.

O senhor sorriu de volta, grato pelo gesto simples.

Agora que o leito à minha frente estava vazio, restava apenas o silêncio e a companhia dos monitores, que bipavam incansavelmente. A única posição que eu conseguia manter era de barriga para cima, por causa do dreno no pescoço. Cada vez mais exausto, a mente começava a se render ao efeito do remédio e à lentidão que o tempo parecia impor.

Minha visão turvou, e os pensamentos começaram a se dissolver como névoa. Era como se o tempo e eu estivéssemos fundidos na mesma lentidão, sem passado ou futuro, apenas um presente arrastado.

Então, meus olhos fecharam. Eu não tinha mais energia para lutar contra o sono. Os braços de Morpheu me acolheram, e, finalmente, me rendi ao descanso tão necessário. Será?

00:00 às 08:00

A noite me envolveu como um cobertor pesado e inescapável. Meu corpo estava entorpecido, e minha mente parecia flutuar em um limbo. Eu não conseguia distinguir sonho de realidade. Tudo ao meu redor era uma mistura nebulosa de sensações difusas.

Em alguns momentos, sentia toques suaves, como mãos verificando meu pulso ou mexendo nos aparelhos ao meu redor. Raramente percebia o aparelho de pressão inflando e desinflando, como naquelas sessões intermináveis das 17 horas, mas agora, tudo parecia distante.

Minha noção de tempo havia desaparecido. Eu não fazia ideia de quantas horas haviam passado. Os bips dos monitores que antes ecoavam constantemente na minha mente não existiam mais para mim. A sensação era de flutuar em um vazio atemporal, onde barulhos e movimentos chegavam apenas como fragmentos desconexos.

Em certo momento, senti algo perfurar meu braço. Era uma agulha, sem dúvida, mas não tive força para abrir os olhos ou sequer reclamar. O incômodo foi real, mas o cansaço e o torpor me dominaram por completo.

Então, uma nova sensação surgiu: frio. O toque de algo úmido e gelado na pele me despertou brevemente da névoa em que eu estava imerso. Duas pessoas trabalhavam silenciosamente sobre mim. Estavam me dando banho, passando um pano molhado pelo meu corpo. Fui virado de lado, e o pano percorreu minhas costas em movimentos meticulosos e automáticos.

Quando limparam minha bunda, uma onda de vergonha atravessou meu corpo.

— Meu Deus, estou sem fralda. — pensei, em pânico interno. — Por que não consigo abrir os olhos?

Tentei reagir, mas era como se meu corpo não me obedecesse. Senti as mãos passando o pano em minha genitália, e minha única reação foi ficar completamente imóvel, como se isso pudesse me poupar de mais constrangimento.

Depois disso, o vazio me engoliu novamente. Apaguei por completo, incapaz de saber se haviam terminado o banho ou recolocado a fralda.

Algum tempo depois — não sei dizer quanto — um novo toque me trouxe de volta à superfície. Era um aperto firme no meu punho. Com dificuldade, abri os olhos lentamente e meu olhar foi direto para o relógio na parede: 08h26.

— Mas já? — pensei, surpreso.

A enfermeira nova estava diante de mim, com um sorriso profissional.

— Bom dia! — disse ela, em tom amigável.

— Bom dia... — respondi, a voz ainda rouca e enfraquecida.

Ela se aproximou, ajeitando seu material.

— Vou tirar seu sangue para a gasometria.

Eu apenas assenti, sem energia para mais palavras, aceitando o início de mais um dia na maratona interminável da emergência.

A enfermeira segurava meu punho firmemente, preparando-se para a gasometria arterial. Eu sabia que seria dolorido, mas não tinha escolha. A agulha penetrou fundo em busca de sangue na artéria, e uma dor aguda irradiou pelo meu braço.

— Desculpa, — murmurou ela, concentrada.

— Preciso de 2 ml, mas só consegui 1 ml nessa primeira tentativa. Vou tentar de novo.

Apenas assenti, resignado. Não havia muito que pudesse fazer além de esperar que aquilo acabasse logo.

Ela tentou novamente, e a dor retornou, fina e constante, como se cavasse o meu osso. Finalmente, conseguiu o volume necessário.

— Pronto. Desculpa mais uma vez. — disse, já saindo rapidamente para levar o sangue ao laboratório.

Eu suspirei, aliviado, mas o incômodo permaneceu latejando no meu braço. E, como era de se esperar, não consegui mais descansar depois disso.

Agora estava totalmente desperto, enquanto a rotina do hospital começava mais um ciclo.

— Será que hoje eu saio daqui? — pensei, esperançoso, mas ainda cauteloso.

Percebi que os rostos haviam mudado. Os médicos e enfermeiros da noite já não estavam mais ali. Agora, uma nova equipe ocupava seus lugares, cada um seguindo seu caminho no labirinto de tarefas hospitalares.

— E agora? — pensei, enquanto tentava me orientar na nova dinâmica.

De repente, me lembrei do banho noturno. Levantei o lençol e verifiquei minha situação:

— Sim, fralda nova.

A confirmação trouxe um alívio inesperado, por mais estranha que fosse a situação. Além disso, não havia mais soros, apenas um acesso no braço. Os fios que monitoravam meus sinais vitais também tinham sido retirados, assim como o aparelho de pressão.

"Nossa..." — pensei. "Algo mudou."

O sentimento de esperança cresceu no meu peito. Agora sim, eu vou sair daqui.

Olhei para o leito 3, e lá estava um corpo dentro de um saco preto, repousando sobre a cama. A visão gelou meu sangue. Meu Deus, será que era a senhora de ontem? Ou talvez outro paciente que não resistiu?

A imagem do saco preto era um pesadelo materializado, silencioso e pesado, como um símbolo cruel da finitude da existência.

"Quando morremos, o que sobra é apenas um corpo inerte, sem função," — pensei, com um nó na garganta. "Como um boneco rígido, sem vida, sem alma."

O corpo ali dentro esperava alguém que o levasse embora — talvez a funerária, ou quem sabe a família que o aguardava. A realidade daquele momento era fria e implacável. A linha entre a vida e a morte nunca pareceu tão fina e frágil.

Enquanto eu olhava fixamente para o corpo, perdido em pensamentos sombrios, uma enfermeira se aproximou e perguntou com voz suave:

— Você quer um café com leite?

A pergunta inesperada foi como um sopro de normalidade em meio ao caos.

— Sim, por favor. — respondi, percebendo o vazio em meu estômago e minha necessidade de algo simples e humano.

Por um momento, a presença do saco preto ficou em segundo plano. O desejo por um café quente e um pouco de conforto venceu a escuridão.

O café com leite estava gelado, e minha vontade de tomá-lo desapareceu. Mas, como não tinha mais nada para mastigar ou beber, resolvi encarar mesmo assim. Cada gole frio descia sem prazer, mas eu precisava de alguma energia para enfrentar mais um dia.

Enquanto engolia o último gole com resignação, uma médica se aproximou, com um sorriso gentil no rosto.

— Bom dia, Mauro. — disse ela. — Me chamo Jordana e gostaria de saber como o senhor está se sentindo.

Esfreguei os olhos para afastar um pouco do torpor que ainda me envolvia.

— Estou meio sonolento, mas estou bem.

— Está sentindo alguma dormência? — perguntou, atenta.

— Não. Tudo normal. Só esse dreno que me incomoda. Vocês não vão tirá-lo? — perguntei, esperançoso.

Ela sorriu, compreensiva, mas sua resposta não era o que eu esperava.

— Não. Quem fará isso será a equipe cirúrgica. Assim que vagar um quarto na enfermaria, o senhor será transferido para lá.

— Que notícia boa. — respondi, sentindo um alívio imediato.

— É verdade. — confirmou ela. — Qualquer coisa, é só me chamar.

A presença dela trouxe uma leveza que eu não sentia há horas. Até o café gelado — tão insosso e frustrante minutos atrás — desceu melhor após a conversa. Era como se saber que havia uma luz no fim do túnel tivesse renovado meu ânimo.

Olhei para cima e, com o coração carregado de esperança, pedi a Deus:

— Bora lá, meu Pai. Corre logo com esse quarto.

E, pela primeira vez em mais de 26 horas, sorri para mim mesmo. Agora, as coisas estavam mudando.

09:00-10:00

Agora era apenas uma questão de tempo para sair daquela emergência que parecia uma prisão silenciosa. Chamei a enfermeira e pedi o urinol. Ela rapidamente trouxe e fechou a cortina para garantir minha privacidade.

"Nossa, quanto xixi!" — pensei, impressionado com a quantidade enquanto o alívio tomava conta do meu corpo.

A enfermeira retornou logo depois e levou o urinol para esvaziar. Ainda me sentia tonto e lerdo, os efeitos do remédio me prendendo em uma espécie de neblina suave. Fechei os olhos, permitindo que o peso da exaustão me puxasse de volta para o sono.

Em algum momento, a voz distante da médica me despertou.

— Mauro, você vai subir para a enfermaria agora. Sua esposa está esperando por você no corredor.

Abri os olhos, e a maca já estava em movimento, deslizando suavemente pelos corredores. Saíamos pela porta da emergência e, enquanto eu me afastava daquele ambiente sufocante, ouvi a médica ao longe:

— Tchau, Mauro! Melhoras!

Tentei responder, mas não consegui dizer uma palavra. Meu corpo ainda estava entorpecido, e as palavras se perderam dentro de mim.

Duas enfermeiras conduziam minha maca pelos corredores, e ao passarmos pelo corredor da emergência, lá estava Isabel, minha esposa, com a mochila nas costas. Seus olhos brilharam ao me ver, e ela tentou se aproximar e falar comigo, mas as enfermeiras não pararam. A visão dela ali, sorrindo, foi o primeiro vislumbre de paz que tive em muito tempo.

"Estou indo para o Paraíso." — pensei, aliviado e esperançoso.

A jornada até o quarto parecia interminável. Dois elevadores depois, e muitos corredores atravessados, finalmente chegamos ao destino: o quarto do outro lado do hospital.

O quarto era dividido em dois leitos. As enfermeiras encostaram minha maca ao lado da cama onde eu ficaria.

— Agora é só passar para a cama, senhor Mauro. — disse uma delas, gentilmente.

Com esforço e paciência, me movimentei da maca para a cama, ajeitando meu corpo ainda cansado e dolorido. Finalmente, o tormento da emergência havia terminado. Eu estava no quarto, ao lado da janela, onde a luz do dia inundava o ambiente com uma suavidade acolhedora.

Ali, respirei fundo pela primeira vez em horas. Fim da emergência. Aquele pesadelo tinha ficado para trás.

E pela primeira vez em muito tempo, me permiti acreditar que estava tudo bem.

FIM

www.ingramcontent.com/pod-product-compliance
Lightning Source LLC
LaVergne TN
LVHW010109170826
845678LV00012B/2320
9786501221212